话说浙江·嘉兴

忆嘉禾美

丛书编写组 编

浙江古籍出版社

编纂指导工作委员会

主　任：赵　承
副主任：来颖杰　虞汉胤
成　员：（按姓氏笔画排序）
　　　　丁如兴　邓　崴　申中华　叶伯军　叶国斌
　　　　吕伟强　刘中华　芮　宏　张东和　金　彦
　　　　施艾珠　黄海峰　程为民　潘军明

专家指导委员会

主　任：陈尚君
成　员：（按姓氏笔画排序）
　　　　吴　蓓　尚佐文　陶　然　葛永海

本册编写人员（按姓氏笔画排序）

　　　　杨自强　徐志平

总　序

　　中国诗歌源远流长，姿态丰盈，溯其初始，皆以《诗三百》为中原之代表，以《楚辞》为南方的代表，浙江偏处东南，似皆无预。其实，万年上山遗址被誉为"远古中华第一村"，良渚遗址是实证中华五千多年文明史的圣地，越州禹庙的存在，知古越人对以编户齐民到三皇五帝传说之形成，也不遑多让。越地保存的《弹歌》："断竹，续竹；飞土，逐宍。"记录初始人民与百兽竞逐的生存状态，有可能是中国保存最早的古诗。而时代不晚于战国的《越人歌》，以"山有木兮木有枝，心说君兮君不知"的天籁之音，表达古越人两心相悦、倾情诉述的真意。从南朝时期的《阿子歌》《钱唐苏小歌》中，还能体会到古越民歌这种明丽之声的赓续和弘传。

　　秦并六国，天下设郡，会稽郡为三十六郡之一，也为越地州郡之始。到有唐一代，今浙江境内设有十州，虽历代区划皆有调整，省境规模大致底定。十一市的格局虽确定于晚近，但各市历史上无论称郡称州称府，无不文明昌盛，文士群出，文化发达，存诗浩瀚。就浙江在中华文化版图中日显昭著的地位而言，我们可以提到几个很特殊的时期。一是西晋末永嘉南渡，大批中原士族客居江南，侨居越中，越中山水秀丽，跃然于文化精英的笔端："千岩竞秀，万壑争流，草木蒙笼其上，若云兴霞蔚。"山阴道上，剡溪沿流，留下大量珍贵记录。南北对峙，南朝绵续，越地经济发展，景观也广为世知。二为唐代安史乱后，士人南奔，实现南北文化的再度融合。中唐伟大诗人白居易、韩愈、柳宗元、刘禹锡皆出身于北方文化世家，但出生或成长在江南。浙江东西道之设置将今苏南、浙江之地分为两道，其文化昌盛、诗歌丰富，已不逊于中原京洛一带。三是唐末大乱，钱镠祖孙三代割据吴越十四州，出身底层而向往士族文化，深明以小事大之旨，安定近百年，不仅使其家族成为千年不败、人才辈出的文化世家，也为吴越文化造就无数人才。四是靖康之变，宋室南渡，定都临安即今杭州，更使浙江成为全国的政治经济文化中心。此后九百年，浙江在全国举足轻重的地位，历经江山鼎革，人事迁变，始终没有动摇。

浙江人杰地灵，文化繁荣，山水奇秀，集中体现在每一时代、每一州郡，皆曾出现过一流人物，不朽著作，杰出诗篇。"诗话浙江"的编著，即以省内十一市域各为单元，选编历代最著名的诗篇，以在地的立场，重视本籍诗人，也不忽略游宦客居之他籍人士，务求反映本土之风光人情，家国情怀，文化地标，亲历事变，传达省情乡情，激发文化自信，培养乡土情怀，增进地方建设。

唐人元稹有"天下风光数会稽"（《寄乐天》）之句，引申说天下山水数浙江，应该不会有人反对。东晋孙绰《游天台山赋》以全景式的鸟瞰写出天台山之俊奇雄秀，王羲之约集家人朋友高会兰亭，借山水寄慨，是越中诗赋写山水之杰作。广泛游历，寄情山水，留下众多诗篇的刘宋大诗人谢灵运，以诗作为山水赋予了灵魂。本套丛书中杭州、绍兴、台州、温州、丽水、金华诸册，皆收有谢诗，如"林壑敛暝色，云霞收夕霏"之绚烂，"白云抱幽石，绿筱媚清涟"之妩媚，"明月在云间，迢迢不可得"之企羡，"池塘生春草，园柳变鸣禽"之惊喜，"乱流趋正绝，孤屿媚中川"之特写，"石浅水潺湲，日落山照曜"之素描，"崖倾光难留，林深响易奔"之观察，无不在瑰丽山川描摹中投入自己的真实情感，开创了山水诗的无数法门。此后的历代诗人，无论名气大小，游历深浅，无不步武谢诗，传达独到的观察与体悟，留下不朽的诗篇。

浙江各市皆有标志性的名山秀水，且因历代官民之开拓建设，历代文人之歌咏加持，而得名重天下。以旧州名言，台州得名于天台山；明州得名于四明山；处州本名括州，因括苍山得名，避唐德宗名而改；湖州得名于太湖。南湖烟雨，孕育出以朱彝尊为代表的浙西词派。西湖名重天下，离不开白居易和苏轼两位大诗人任职时的建设疏浚，更因他们写下无数脍炙人口的名篇而广为世人所知。有些名山云深道险，如雁荡山，弘传最有功者为唐末诗僧贯休，以兰溪人而得广涉东瓯名山，"雁荡经行云漠漠，龙湫宴坐雨蒙蒙"（《诺矩罗赞》）二句极其传神，此后方为世重。类似例子还有很多，读者可从全套丛书中细心阅读，会心感悟。

其实，山灵水秀触发了诗人的灵感，诗人的名篇也促使了人文景观的升华。兰亭是众所瞩目的名胜，还可以举几个特别的例子。南朝诗人沈约出任东阳太守期间，在金华建玄畅楼，常登楼观景抒情，更特别的是他还写了与楼相关的八首抒情长诗，世称《八咏诗》，名重天下，后人更将玄畅楼改名八咏楼，成为有名的故事。衢州烂柯山又名石桥山、石室山，因南朝任昉《述异记》云东晋王质入山砍柴迷路，遇二童子对弈，着迷而耽搁许久，欲归而发现斧柄已烂，从此有烂柯之名，且因此而成为围棋仙地。缙云仙都山以鼎湖峰最为著名，因其拔地而起高达一百七十多米的石柱而备受关注，传为黄帝置鼎炼丹或飞升处而知名，更成为国内著名的黄帝祭祀地，历代相关诗歌也很多。在历代诗人的共同努力下，浙江各市皆形成了有全国重大影响的山水名区与文化地标。近年在国内外有重大影响的浙东唐诗之路，借用唐代诗人宋之问《题杭州天竺寺》"待入天台路，看予度石桥"所言，即其起点是杭州（也有说法具体到渔浦潭），东行经绍兴、上虞，至剡溪经新昌、嵊州，目的地是天台山，沿途著名景点有镜湖、曹娥庙、大佛寺、天姥山、沃洲山、石梁飞瀑、国清寺等。六朝至唐的另一条诗路，则是从杭州溯钱江而上，经富阳、桐庐、兰溪、金华、丽水、青田而到温州，沿途名区也不胜枚举。近年经学者研究，唐诗之路其实遍布浙江的各个由水路和陆路形成的人文景观，在古迹复原、石刻调查、摩崖寻拓、驿路搜索等方面，都有许多新的发现，在此不能一一叙述。

浙江民风淳朴，勤劳奋发，但也有慷慨悲歌、报仇雪耻的另一面。春秋时代的吴越相争，槜李之战就发生在今嘉兴。后越王勾践在国破家亡之际，忍辱负重，卧薪尝胆，终得复国。浙江历代无数仁人志士，为国家民族生存，为乡邦安宁发展，曾做过许多可歌可泣的努力。舟山在浙江偏处边隅，有两段往事尤可称诵。一是南宋初金人南侵，宋高宗避地舟山，在海上漂泊数月，方得保存国脉。二是明清易代，浙东抗清武装退居海上，张煌言以身许国，以舟山为重要支点，坚持斗争，所作《翁洲行》倾诉了满腔爱国激情。同时陈子龙、顾炎武都有声援诗作。吴伟业所作《勾章井》写鲁王元妃的以身殉国，也可见其情怀所系。近代中国剧变，浙江受冲击尤剧，本书收入龚自珍、左宗棠、郭嵩焘、蔡元培、秋瑾、鲁迅等人诗作，分别可以看到有识之士在世变中对自改革的呼吁、守卫国家领土的努力、放眼看世界的鸿识、反抗清王朝的革命，以及创造新文化的勇气。虽然人非皆浙籍，诗或因他故，他们的功绩是应该记取的。

浙江海岸线漫长，自古即多良港，由于洋流的原因，日本遣唐使和学问僧多以越、明、台、温四州为到达和返国之地。名僧最澄、空海、圆仁、圆珍都在诸州广交友人，广参名僧，访求典籍，体悟佛法，归国后分别弘传天台宗和真言宗（空海在长安得法于青龙义操），写就中日文化交流的重要一笔。圆珍在中国的授法僧清观，曾寄诗圆珍，有"叡山新月冷，台峤古风清"（全篇不存）二句，传达中日佛教界的血脉亲情。宋元之间的一山一宁、无学祖元，再度东渡，在日本弘传临济禅法。至于儒学东传，特别要说到明清之际的朱之瑜（舜水），在长期抗清斗争失败后，他东渡日本，受到江户幕府的热忱接纳，开创水户学派，弘扬尊王攘夷的学说，成为日本后来明治维新的重要思想资源。至于宁波开埠以后西学的传入，也可从许多诗作中得到启示。

至于浙江对中国学术文化的贡献，可讲者太多，大多也可在本套丛书中读到。先从天台山说起。佛教天台宗创始于陈隋之际的智者大师智𫖮，其辨教思想与天台法理，皆使佛教中国化达到了空前高度。数传而不衰，更在日本发扬光大。天台道教则以桐柏宫为最显，司马承祯为宗师，与茅山、龙虎山并峙为江南三重镇。缙云道士杜光庭避乱入蜀，整理道藏，贡献巨大。寒山是天台的游僧，他书写于山岩石壁上的悟道喻世诗作，由道士徐灵府整理成集，流传不衰，并在现代欧美产生广泛影响。道士而为僧人整理遗篇，恰是三教和合的佳话。至于宋末元初三大家王应麟、胡三省、马端临，皆生长著述于浙东，而清初三大启蒙思想家中的黄宗羲也是浙人。黄宗羲子黄百家，更是中国弘传哥白尼日心学说之第一人。更应说到宋陆九渊、明王守仁倡导的儒家心学一派，明末影响巨大，至今仍受广泛注意。至于朱子后学如慈湖杨简、东发黄震，亦曾名重一时。本套丛书以介绍诗词为主，于学术文化亦颇有涉及，读者可加以关注。

浙江物产丰饶，各市县乡镇都有各自的特产与名品。如果举其大端，则为茶、绸、果、笋。茶圣陆羽是今湖北天门人，但他成名则在今湖州与江苏常州共有的顾渚茶山。陆羽不仅致力于茶的采摘与制作工序，更讲究茶的烹煮和水的选择，曾设计组合茶具套装。陆羽存诗不多，但湖州历代咏其茶艺之诗络绎不绝。白居易《缭绫》写越州所贡罗绡纨绮，有"应似天台山上月明前，四十五尺瀑布泉"的描述，进而质问："织者何人衣者谁？越溪寒女汉宫姬。"直至近代，湖丝、杭绸一直广销世界。浙江果蔬丰富，如余姚杨梅、黄岩蜜橘、嘉兴檇李、湖州莲子、绍兴荷藕，皆令人齿颊生津，品啖称快。竹林遍布浙江，既可采以制作器具，又可食其初笋而得天然美味。宋初僧赞宁撰《笋谱》，主要采样于天目山笋。古代文人以竹取其高雅，食笋更见其清新出俗，在诗中也多有表达。

本套丛书由中共浙江省委宣传部策划指导，十一个市委宣传部组织编写，由浙江古籍出版社出版。各市对地方文献及历代诗歌皆有长期积累与研究，故能在较快时间内完成书稿，数度改易增删，以期保证质量。然而从浙江历代浩瀚的典籍中选取为一般读者喜闻乐见的作品，叙述作者生平事迹，准确录文并解释，深入浅出地品赏分析，实在不是一件很容易的事情。出版社邀请省内专家审稿，提出问题疑点，纠正传本讹脱，皆已殚尽心力。比如明唐胄的《衢州石塘橘》诗中"画舫万笼燕与魏"，与下句"青林千顷鹿和狮"比读，初以为指牡丹，但"燕"字无着落，经反复查证，方知"燕与魏"指燕文侯、魏文帝关于柑橘的两个典故。再如文天祥经温州所写诗，通行本作"暗度中兴第二碑"，中兴碑当然指湖南浯溪颜真卿书元结《大唐中兴颂》，然"暗度"该作何解？经查明刻本《文山先生全集》收的《指南录》作"暗读"，诗意豁然明朗，即文天祥在人生最困难的时刻，仍然没有放弃奋斗的目标，希望大宋再度中兴。

我们深知，作者与编辑发现并妥善解决的疑点，只是众多存疑难决问题中的一部分。整套书希望给读者提供一份浙江各地诗词的丰盛大餐，但烹制难以尽善尽美，肯定还有不足之处，敬俟读者批评指正，以期后续修订完善。

陈尚君

2024 年 11 月

前　言

　　成书于清前期的嘉兴历代诗歌总集《槜李诗系》云："自吴越不列于《风》，而秦汉以前我郡之诗无所考见，故断自忌始。"编者下言极有分寸，"无所考见"者，并非没有，只是因《诗经》没有采录吴越之地的诗歌，故而没有流传下来。

　　《槜李诗系》所说的"断自忌始"的"忌"，是指西汉时的严忌。严忌的《哀时命》被西汉刘向收入《楚辞》，他与屈原、宋玉及贾谊、东方朔等一同列入"楚辞"作家之列，也由此成为嘉兴历史上第一位有名有姓的诗人。严忌之子严助及同时的朱买臣，在汉时俱有文名，《汉书·地理志》称"吴有严助、朱买臣，贵显汉朝，文辞并发"。严氏乔梓及朱买臣的诗赋大多已佚，但"足开七邑（指嘉兴下属七县）词源"，嘉兴的文学自此蓬勃生长，繁花似锦。

　　随着东吴割据、晋室南渡，中原文化南下与吴越文化融合，嘉兴的文化与经济出现了一个跨越式的发展，陆机、陆云（华亭人，华亭现为上海市松江区，时属海盐县）应运而生。"二陆"才高词赡，举体华美，成为"太康诗风"的开创者。梁陈间的顾野王，居于亭林（今上海市金山区，时属海盐县），以文字学家为世所称，却也为后世留下了十来首诗，旨趣意境颇称"清华"。二陆一顾，成为这一时期嘉兴诗歌的标杆。

唐代是中国诗歌的高峰，在这灿烂的诗歌星河中也闪烁着来自嘉兴的星星。《全唐诗》中收录的嘉兴诗人，有丘为、陆贽、殷尧藩、顾况、顾非熊等十五人，留下了五百多首诗。而白居易、刘禹锡、刘长卿、罗隐、杜荀鹤等著名诗人，也以诗歌记录下嘉兴的风景名胜、风土人情。唐时的南湖，已成为一方佳处，丘为的《湖中寄王侍御》、刘长卿的《南湖送徐二十七西上》，为最早以南湖为题的诗词。

嘉兴的经济、文化在宋代开始走向全国前列，尤其是宋室南渡、定都临安之后，近畿之地嘉兴更是成为众多诗人流连乃至寓居的首选之地，从张先开始，梅尧臣、苏舜钦、司马光、苏轼、王安石、朱敦儒、陈与义、杨万里、范成大等著名诗人都有不少关于嘉兴的诗词。苏轼在嘉兴写下了十多首诗，"鸳鸯湖边月如水，孤舟夜傍鸳鸯起"成为吟诵南湖的名句。而"三过文长老"的组诗，影响巨大，后代应和之诗达数百首，可称嘉兴的一个"文化现象"。此外，张先的"云破月来花弄影"，范成大的"斗门贮净练，悬板淙惊雷"，朱南杰的"浓绿暗官柳，肥红绽野梅"，戴复古的"东园载酒西园醉，摘尽枇杷一树金"，叶绍翁的"悠悠绿水分枝港，撑出南邻放鸭船"等，都是脍炙人口的名句。值得注意的是，宋代出现了专门吟咏嘉兴风貌的组诗，陆蒙老有《嘉禾八咏》，周邠随之应和《嘉禾八咏》，而张尧同的《嘉禾百咏》，多达百首，可谓嘉兴风物诗之集大成者。流风所及，元代有吴镇《酒泉子·嘉禾八景》、辛敬《嘉禾八景诗》，明代有金景西《嘉禾八景诗》、许恂如《秀州百咏》、沈尧中《嘉禾十咏》，直至清代朱彝尊《鸳鸯湖棹歌》这样的杰作问世，此后更有数十家唱和之作，所谓"棹歌一唱三百年"，形成了嘉兴诗歌特有的"棹歌体"。

元朝立国不足百年，诗歌创作相对而言不及前代，但仍有赵孟頫、萨都剌、杨维桢这样的大家写下的嘉兴诗作。有"一代诗宗"之称的杨维桢，往来九峰三泖间，对嘉兴极为熟稔。元至正十年（1350），嘉兴濮院镇举办"聚桂文会"，推杨维桢等主持评裁，从五百余人中取三十人，并为文集作序，成为有元一代嘉兴文坛的一抹亮色。

明清以来，江南尤其是今浙北、苏南一带，是全国经济、文化的中心，嘉兴也当仁不让地成为文坛重镇。随着商品经济的发展，嘉兴沿运河两岸崛起了一批富庶的经济小镇，这一时期的嘉兴诗词中，抒写乡镇的繁华与美景成为一大特色。宋濂的《濮川八景诗》、瞿佑的《乌镇酒舍歌》、方孝孺的《泊舟幽湖》、苏平的《海昌八景》、曹尔堪的《满江红·江村》等，形象地展现了这一时期嘉兴的蓬勃生机与水乡风光，同时也是江南经济史的重要史料。自然，岁月也不总是安逸静好，明末阉党横行、政治黑暗，加之清军南下、山河破碎，给百姓带来的巨大的创伤，也激起了诗人们的填膺义愤，钱旃《入狱》、王翃《民兵行》、陈确《芽谷饼歌》、魏学洢《家书》、吕留良《乱后过嘉兴》等诗，或哀民生之多艰，或悲世道之污浊，或斥乱兵之暴行，热血丹心喷薄而出，家国情怀感人肺腑。

纵观嘉兴几千年诗歌史，在清前中期达到了高峰，主要体现在三个方面。一是数量壮观。清初《槜李诗系》收集了嘉兴一郡自汉至清初诗人近两千人，而至清代，诗人数量陡增，徐世昌所编清代诗歌总集《晚晴簃诗汇》，收诗人六千多人，其中嘉兴籍诗人五百多人；叶恭绰选编《全清词钞》，收清代三千多位词人，嘉兴词人有三百多人。二是流派峙立，"秀水诗派""浙西词派"是清代两大诗词流派，影响巨大，绵延百年。三是大家迭现，以朱彝尊为领袖，有"浙西六家"，有"汪氏三子"，有"梅里三李"，有"柳洲词派"，形成了声势浩大的诗词"矩阵"。清著名学者毕沅云："予尝谓国朝之诗浙中最盛，而浙中又莫盛于嘉禾。"朱则杰所著《清诗史》亦谓江苏常州与浙江嘉兴"都可以看成是清代诗国的一个缩影"。

本书旨在通过一百首嘉兴题材的诗词，挖掘嘉兴历史文化深厚内涵，展现嘉兴历史文化独特魅力，提升嘉兴文化的认同感和向心力，让这些代表着嘉兴优秀传统文化的诗词注入心田，让诗词中所蕴含的观念、理性、胸襟、情怀、品德、气节和志向，流淌在嘉兴人的血脉里，凝固在嘉兴人的文化基因里，不断滋润着我们的生命，开拓着我们的未来。

本册编写组
2024 年 11 月

目　录

先　唐

佚　名
　　阿子歌三首 …………………………………… 003

唐五代

丘　为
　　湖中寄王侍御 ………………………………… 007

刘长卿
　　海盐官舍早春 ………………………………… 010
　　南湖送徐二十七西上 ………………………… 011

顾　况
　　山　中 ………………………………………… 014
　　临海所居（其三） …………………………… 016

刘禹锡
　　送裴处士应制举（节选） …………………… 018

白居易
　　登西山望硖石湖 ……………………………… 021

徐　凝
　　语儿见新月……………………………………… 023
　　嘉兴寒食……………………………………… 024

顾非熊
　　途次怀归……………………………………… 027

方　干
　　寄嘉兴许明府………………………………… 029

罗　隐
　　秦望山僧院…………………………………… 031

杜荀鹤
　　送友游吴越…………………………………… 033

宋　元

张　先
　　天仙子………………………………………… 037

梅尧臣
　　会稽妇………………………………………… 039
　　题嘉兴永乐院槜李亭………………………… 042

苏舜钦
　　秀州城外……………………………………… 044

韩 琦
　　周沆著作宰秀州嘉禾……………………… 046

闻人安道
　　题招提院静照堂………………………… 049

沈 括
　　秀州秋日………………………………… 051

苏 轼
　　盐官部役戏呈同事兼寄述古……………… 053
　　秀州报本禅院乡僧文长老方丈…………… 055

陆蒙老
　　披云阁…………………………………… 058

毛 滂
　　七娘子 和贺方回登月波楼 ……………… 060

朱敦儒
　　好事近 渔父词 …………………………… 062

曾 幾
　　苏秀道中自七月二十五日夜大雨三日秋苗以苏喜而有作
　　………………………………………… 065

陈与义
　　虞美人…………………………………… 067

李正民
>　海月亭……………………………………………… 069

范成大
>　长安闸……………………………………………… 071

杨万里
>　衔命郊劳使客船过崇德县（其一）……………… 074

朱　熹
>　景范庐……………………………………………… 076

游九言
>　秀州道中二首（其一）…………………………… 079

黄　榦
>　石　门……………………………………………… 081

陆　埈
>　我邑之东有丑梨貌虽恶风味绝胜闻尝进御因赋五言… 084

戴复古
>　初夏游张园………………………………………… 086

朱南杰
>　晓发嘉兴府………………………………………… 088

叶绍翁
>　嘉兴界……………………………………………… 090

吴 潜
　　水调歌头 烟雨楼 …………………………………… 092

张尧同
　　胥　山 ……………………………………………… 094

宋伯仁
　　夜过乌镇 …………………………………………… 096

方　回
　　听航船歌十首（其八）……………………………… 098

唐天麟
　　烟雨楼 ……………………………………………… 100

林景熙
　　谒陆宣公祠 ………………………………………… 102

吴　镇
　　酒泉子 龙潭暮云 ……………………………………… 106

王　冕
　　过武塘 ……………………………………………… 109

杨维桢
　　游汾湖得武字 ……………………………………… 111

萨都剌
　　过嘉兴 ……………………………………………… 114

顾 瑛
　　夜宿三塔次陈元朗韵……………………………………… 116

明　清

宋　濂
　　翔云高眺……………………………………………………… 121

刘　基
　　晚泊海宁州舟中作…………………………………………… 123

贝　琼
　　皂林驿………………………………………………………… 126

胡　奎
　　鹓湖舟中玩月四月十五夜…………………………………… 128

朱逢吉
　　千乘梨云……………………………………………………… 130

高　启
　　登海昌城楼望海……………………………………………… 132

苏　平
　　郭溪春水……………………………………………………… 136

怀　悦
　　春　兴………………………………………………………… 138

张　宁
　　重游金粟寺有作……………………………………… 140

郑　晓
　　秋日海上（其一）…………………………………… 142

吕希周
　　海上叹………………………………………………… 144

王世贞
　　海盐石堤与周生辈观日出作………………………… 146

董其昌
　　题平湖弄珠楼呈萧象林使君二首（其一）………… 149

朱国祚
　　初夏过沈纯甫穆湖村舍……………………………… 152

章士雅
　　严助墓………………………………………………… 154

李日华
　　端　午………………………………………………… 156

胡震亨
　　午日小饮口占………………………………………… 158

魏大中
　　春四日新霁经伍子塘………………………………… 160

钱谦益
　　题南湖勺园……………………………………………… 162

谈　迁
　　洛塘故庙有文杏树为唐许太守远手植……………… 165

陈　确
　　芽谷饼歌………………………………………………… 167

吴伟业
　　鸳湖曲（节选）………………………………………… 169

顾炎武
　　秀　州…………………………………………………… 172

曹　溶
　　采桑子 查伊璜两度出家姬作剧 ………………………… 175

黄媛介
　　采菱同祁修嫣湘君赵璧（其一）……………………… 177

彭孙贻
　　海上竹枝词十三首（其三）…………………………… 179

曹尔堪
　　满江红 江村 …………………………………………… 181

柳如是
　　鸳湖舟中送牧翁之新安………………………………… 183

谭吉璁
　　鸳鸯湖棹歌八十八首和韵（其三十六）⋯⋯⋯⋯⋯　185

陈维崧
　　贺新郎　鸳湖烟雨楼感旧十用前韵 ⋯⋯⋯⋯⋯⋯⋯　187

吕留良
　　乱后过嘉兴（其一）⋯⋯⋯⋯⋯⋯⋯⋯⋯⋯⋯⋯⋯　190

朱彝尊
　　鸳鸯湖棹歌（其二十）⋯⋯⋯⋯⋯⋯⋯⋯⋯⋯⋯⋯　192
　　解佩令　自题词集 ⋯⋯⋯⋯⋯⋯⋯⋯⋯⋯⋯⋯⋯⋯　193

沈岸登
　　风入松　村居 ⋯⋯⋯⋯⋯⋯⋯⋯⋯⋯⋯⋯⋯⋯⋯⋯　196

李　符
　　永遇乐　农事 ⋯⋯⋯⋯⋯⋯⋯⋯⋯⋯⋯⋯⋯⋯⋯⋯　198

查慎行
　　观刈早稻有感⋯⋯⋯⋯⋯⋯⋯⋯⋯⋯⋯⋯⋯⋯⋯⋯　200

汪　森
　　金缕曲　题浙西六家词 ⋯⋯⋯⋯⋯⋯⋯⋯⋯⋯⋯⋯　202

曹庭栋
　　分　湖⋯⋯⋯⋯⋯⋯⋯⋯⋯⋯⋯⋯⋯⋯⋯⋯⋯⋯⋯　205

钱　载
　　罱　泥⋯⋯⋯⋯⋯⋯⋯⋯⋯⋯⋯⋯⋯⋯⋯⋯⋯⋯⋯　208

弘　历
　　塘上三首（其一） ············· 210

吴　骞
　　蠡塘渔乃（其三） ············· 212

郭　麐
　　水龙吟　吴歌 ················ 214

冯登府
　　蚕词（其一） ················ 216

梁绍壬
　　题马容海绉云石图 ············· 218

黄燮清
　　吊关中卒 ··················· 220

李善兰
　　西山重建周孝廉祠感赋 ········· 222

许瑶光
　　杉闸风帆 ··················· 224

蒲　华
　　乍浦唐家湾山寨 ·············· 227

许景澄
　　中秋述怀 ··················· 229

吴萃恩
  芙蓉蟹（其一） ………………………………… 231
王国维
  嘉兴道中 己亥 ………………………………… 233

参考文献 ………………………………………… 235
后　记 ………………………………………… 240

浙江诗话

先唐

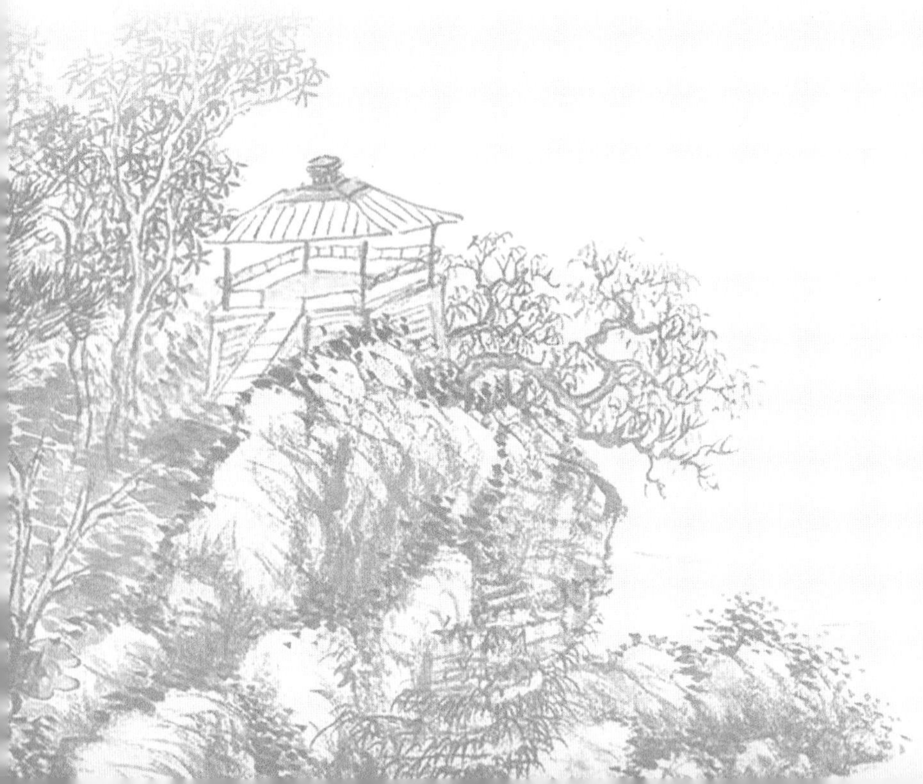

佚 名

阿子歌三首[1]

阿子复阿子,念汝好颜容。
风流世希有,窈窕无人双。[2]

春月故鸭啼,独雄颠倒落。[3]
工知悦弦死,故来相寻博。[4]

野田草欲尽,东流水又暴。
念我双飞凫,饥渴常不饱。[5]

(《乐府诗集》卷四五)

注 释

[1] 阿子:对人的昵称,男女均可用。《世说新语·贤媛篇》:"阿子,我见汝亦怜。" [2] 窈窕:文静而美好。《诗经·周南·关雎》:"窈窕淑女,君子好逑。" [3] 故:故故,总有、常有之意。独雄:无偶的雄

鸭。颠倒落：指鸭被射落。　　[4]工知：清楚地、深刻地知道。工，细致。博：意谓赌一赌、试试运气。　　[5]凫：水鸭。

赏　析

　　这是一组南朝民歌。《乐府诗集》有题解："《乐苑》曰：嘉兴人养鸭儿，鸭儿既死，因有此歌。"古吴语中"鸭子"与"阿子"同音，今日的嘉兴话仍保留了这一特征。而"阿子"则是对人的昵称，乐府诗中也有多首抒写爱情的"阿子歌"。这三首诗，以"鸭子"与"阿子"的谐音双关，表达对心上人的爱慕，歌颂爱情的坚贞。第一首是赞美"阿子"的美丽，举世无人可及。第二首说春天的时候常常听见野鸭飞鸣求偶，往往为人射落。明知出来可能为弓箭所伤，还是义无反顾，纵死也甘心。第三首依然以鸭相喻，在艰难的世道中（"草欲尽""水又暴"），两人相濡以沫，守护相望，生死与共，坚守一份对爱情的忠贞。三首诗层层递进，感情渐次强烈。在语言上也是遣词通俗，感情直率，民歌气息浓郁。

浙江诗话

唐五代

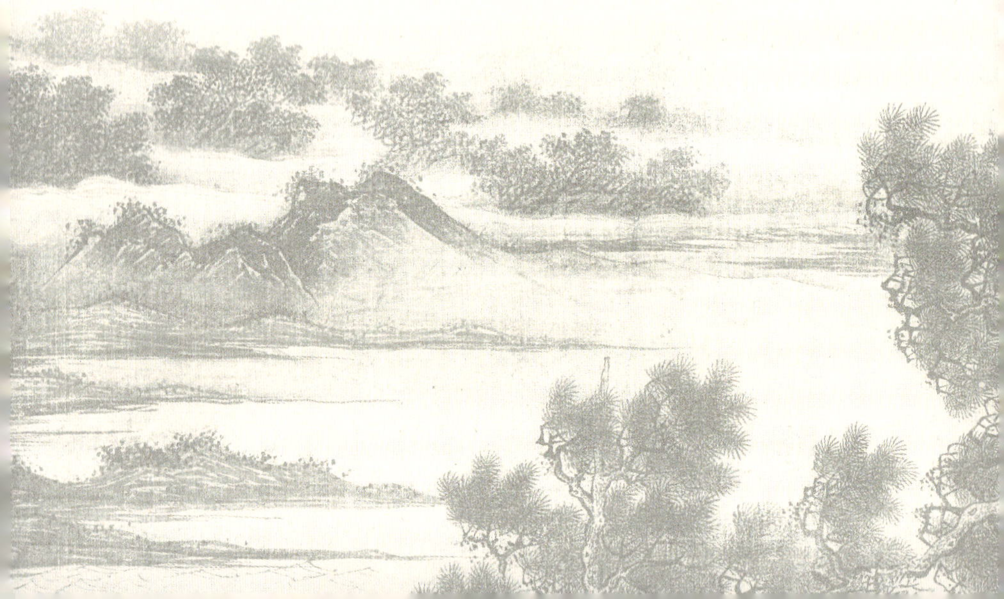

丘　为

　　丘为（约702—约797），苏州嘉兴（今属浙江）人。早年累举不第，归里苦读，于唐玄宗天宝二年（743）进士及第，累官太子右庶子。八十余岁致仕后闲居于家乡的南湖。他十分孝敬年老的继母，据说其孝心感动上苍，以至堂下竟然长出了一棵灵芝，"乡里美之"。丘为与王维、刘长卿相友善，互有唱和，是盛唐山水田园诗派诗人。《全唐诗》存其诗十三首。

湖中寄王侍御 [1]

日日湖水上，好登湖上楼。

终年不向郭，过午始梳头。

尝亦爱杯酒，得无相献酬。[2]

小僮能脍鲤，少妾事莲舟。

每有南海信，仍期后月游。[3]

方春转摇荡，孤屿每淹留。

骢马真傲吏，翛然无所求。[4]

晨趋玉阶下，心许沧江流。[5]

少别如昨日,何言经数秋。

应知方外事,独往非悠悠。[6]

（《唐五代诗全编》卷一八八）

注　释

[1]王侍御：即唐代诗人王维。王维于开元二十五年（737）任监察御史，开元二十八年迁殿中侍御史，故称。　　[2]得无：能不，怎能不。　　[3]南海信：开元二十八年（740），王维以侍御史的身份前往岭南"知南选"，故云。　　[4]骢马：青白色相杂的马。东汉桓典任侍御史，刚强正直，人称"骢马御史"。这里指王维。脩然：无拘无束，超脱的样子。　　[5]玉阶：指朝廷。沧江：指远离朝政的居处。杜甫《秋兴》有"一卧沧江惊岁晚"句。　　[6]方外：世俗之外。

赏　析

丘为的这首诗是告诉王维自己在南湖闲居的生活状况，这也是目前所见最早的写嘉兴南湖的一首诗。诗围绕"湖上"写来，前八句写自己生活在湖边优美的环境中，无忧无虑，终年不进城，天天睡到大中午，过着与酒相伴、友朋互访的悠闲生活，享受着水乡独有的物产：鲤鱼、莲藕。中间八句写自己归居生活的自由自在，无拘无束。末四句表达对王维的别后思念及劝导他不要留恋官场。诗风质朴、清新。后人评丘为的诗"和平淡荡"，读起来"如坐春风中，令人心旷神怡"，这首诗就是如此。

倪禹功　南湖清暑图

刘长卿

刘长卿（？—约789），字文房。宣城（今属安徽）人，一说河间（今属河北）人。玄宗时进士及第，官至随州刺史，世称"刘随州"。有《刘随州集》。刘长卿与嘉兴颇有渊源。他出任长洲尉时，频繁地往来于扬州、镇江、苏州、嘉兴一带。还常与隐居在嘉兴南湖的诗友丘为饮酒作诗，有《送丘为赴上都》诗。刘长卿还有《过横山顾山人草堂》诗，横山位于海盐县，"顾山人"就是海盐籍的诗人顾况。刘长卿曾在唐至德三载（758）正月摄海盐令，也有可能在唐宝应、广德年间曾任嘉兴县尉。

海盐官舍早春 [1]

小邑沧洲吏，新年白首翁。[2]

一官如远客，万事极飘蓬。

柳色孤城里，莺声细雨中。

羁心早已乱，何事更春风。[3]

（《刘随州集》卷六）

注　释

[1]官舍：官衙。　[2]沧洲吏：沧洲，指偏远的水乡，常以称隐士的居处。"沧洲吏"在刘长卿诗中时常出现，隐喻远离朝廷、隐逸江海。　[3]羁心：羁旅客地、思念家乡之心。

赏　析

这首诗写于刘长卿在海盐为官期间。此前刘长卿任长洲县尉，因事被诬陷去官。至德三载（758），摄海盐令，不久又以事系狱。他的前半生辗转多地，沉沦下僚，心情并不舒畅，诗中也有了浓厚的"远客"意识。刘长卿此时不过三十多岁，却自称"白首翁"，亦是其心理之体现。"柳色孤城里，莺声细雨中"是刘长卿描写海盐的名句。柳色青青，细雨蒙蒙，莺声婉啭，江南早春如在目前。但身为"远客"的诗人却是"羁心早已乱"，因春景之美而更为孤寂落寞，更起思念故园、厌倦宦途之情。明人谢榛评司空曙诗云："善状目前之景，无限凄感，见乎言表。"用在这里同样合适。

南湖送徐二十七西上 [1]

家在横塘曲，那能万里违。[2]

门临秋水掩，帆带夕阳飞。

傲俗宜纱帽，干时倚布衣。[3]

独将湖上月,相逐去还归。

(《刘随州集》卷六)

注 释

[1] 南湖:指嘉兴南湖。刘长卿或于宝应二年(763)任嘉兴县尉,除此首外,还有《秋夜雨中诸公过灵光寺所居》《送卢判官南湖》等。徐二十七:二十七是行第,即在同先祖的弟兄中排行第二十七。唐代常以行第连同姓名、官职等称人。　　[2] 横塘:即海盐塘,连通南湖、从嘉兴流向海盐的塘河。光绪《嘉兴府志》卷一二:"横塘一名海盐塘,在县南五里。……故刘文房诗云'家住横塘曲'是也。"　　[3] 纱帽:指居闲的便服。干时:指违背时世。干,触犯、冒犯。

清　秦敏树　鸳湖春饯图(局部)

赏 析

　　这是诗人在南湖边送别朋友时写的诗，叙写了南湖边的优美景物和安闲舒适的生活。秋水、夕阳、轻帆，是写景，也是写情，透出一种轻松自在的心绪。徐二十七可能是千里宦游，诗人劝说朋友不要为留恋官场而压抑自己的心志，表达"傲俗""干时"之情。最后祝愿友人不要忘记南湖边的月亮，随着月光回归家乡，在南湖边优游卒岁。全诗写景鲜明而浑融，写情含蓄而安详，读来自然流畅，与洒脱的心境十分合拍。

顾　况

顾况（约730—806后），字逋翁，苏州海盐（今属浙江）人。至德二载（757）进士。官至著作郎，贬饶州司户参军。有《顾况集》。早年居于江苏句容，后从吴郡迁海盐横山，是海盐横泾顾氏一脉的始迁祖。顾况三十岁时中进士，在朝先后任校书郎、著作郎。贞元年间不耐官场倾轧，自请退隐，在今江浙皖一带或隐或游，号华阳真逸。顾况是新乐府诗歌运动的先驱，前承盛唐之气象，后开中唐诸诗派，在唐诗中有着重要的地位。顾况有多首诗提到家乡，其《忆故园》云："故园此去千余里，春梦犹能夜夜归。"旧志载海宁东山有"顾况读书台"，从唐宋以来一直是当地名胜，历代文人学士多有题咏。

山　中 [1]

野人爱向山中宿，况在葛洪丹井西。[2]

庭前有个长松树，夜半子规来上啼。[3]

（《顾况集》卷四）

注 释

[1] 山中:"山"当指海盐横山。顾况归隐后,长年在句容茅山、海盐横山两处闲住,从诗中内容看,当是横山。　　[2] 野人:村野之人,往往借指隐逸者。大约在贞元十年(794)秋,顾况弃官归隐,在茅山受了道箓,此后他在诗中经常以"野人"自况。葛洪丹井:海宁硖石东山有葛洪丹井。《硖川续志》载:"东山葛洪丹井西,有石倚空,顶平如台,山势环拥,清翠四周,唐顾况尝读书其上。"　　[3] 子规:杜鹃鸟。

赏 析

顾况世居吴越,他的诗也有着很鲜明的地域特征,带有江南民歌的韵味与气息,论者称为既"俗"又"奇"。这首诗就是如此,读起来有如白话,尤其"庭前有个长松树"一句,不避江南地区的方言俗语,自成一格。宋代蔡絛在《西清诗话》中说:"诗家不妨间用俗语,尤见工夫。"顾况的诗就有这种"工夫"。看似信手拈来顺口道出,却又是如此的贴切生动。但通俗易懂并不意味着诗意的缺乏,最后一句"夜半子规来上啼",也是大白话,却有深意在焉。明朝著名唐诗选家唐汝询说:"诗意谓本爱山中宿,况仙境之胜?然不可留者,以庭树啼鹃牵客思也。"前面三句可说是铺垫,为的是最后一句道出情思,简简单单的一句,却有着深厚的内涵和韵味。

临海所居（其三）[1]

家住双峰兰若边，一声秋磬发孤烟。[2]

山连极浦鸟飞尽，月上青林人未眠。[3]

（《顾况集》卷四）

注 释

[1]《临海所居》共三首，此为其中之一。当是顾况隐居海盐横山时所作。清徐倬所编《全唐诗录》，前两首作《临海所居》，此首作《横山故居》。横山原属海盐县，今属海宁市，为顾况家乡。 [2]双峰：指大横山、小横山。兰若：寺院，梵语"阿兰若"的省称。横山旧有禅寂寺，当是指此。磬：佛寺中的打击乐器，其形似钵，以铜制成。 [3]极浦：极远的水边之地。

赏 析

顾况的诗有着明显的个人特点，论者称其在大历、贞元诗坛上独树一帜。于写景而言，顾况擅于捕捉一地的特定风貌，加以提炼，如这诗中所写横山的景，有着典型的江南特色，显得细腻而空灵。写景亦是写情，诗人却对自己的心境、感情没有任何的流露，他只是向读者展示一幅纯净幽远的画面，双峰兰若、秋磬孤烟、极浦飞鸟、月上青林，一笔笔写来，有如白描。有声有色，内外相接，物象优美，意境悠远。虽无一笔写情，而读者自然而然可以感受到诗人心情之愉悦、心境之平静、心灵之纯朴，这是极为高明的写景手法。宋人顾乐在《唐人万首绝句选》中评顾况诗"景象既深，情味亦远"；近人苏雪林亦说顾况小诗思致空灵，有如寒泉水晶，读之令人心口皆爽。这首诗可谓典型。

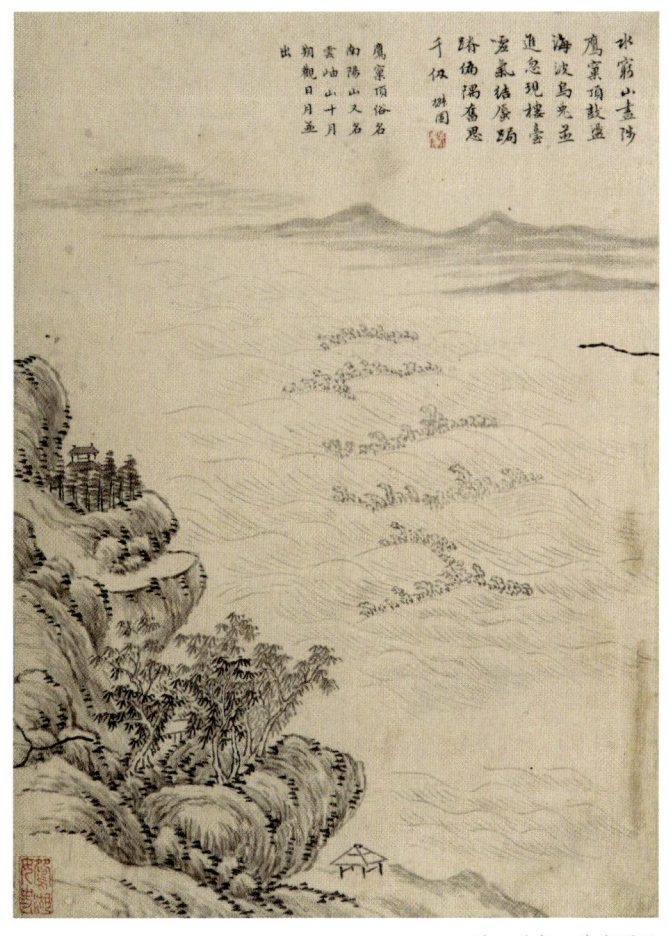

清　沈毅　鹰窠顶图

刘禹锡

　　刘禹锡（772—842），字梦得，洛阳（今属河南）人，自言祖籍中山（治今河北定州），出生于嘉兴。唐贞元九年（793）进士及第。贞元末年参与"永贞革新"，失败后屡遭贬谪。开成元年（836），迁太子宾客，世称"刘宾客"。有《刘梦得文集》。刘禹锡与白居易并称"刘白"，与柳宗元并称"刘柳"。刘禹锡父亲刘绪为避"安史之乱"，举族东迁，寓居嘉兴，并在当地为官。刘禹锡在嘉兴度过青少年时期，并常去附近的吴兴拜访诗僧皎然和灵澈，对其一生的诗歌创作影响颇深。

送裴处士应制举（节选）[1]

忆得童年识君处，嘉禾驿后联墙住。[2]

垂钩斗得王余鱼，踏芳共登苏小墓。[3]

此事今同梦想间，相看一笑且开颜。

老大希逢旧邻里，为君扶病到方山。[4]

（《刘梦得集》卷二八）

明　项圣谟　山水图

注　释

[1] 裴处士：即裴昌禹，刘禹锡童年时的朋友。处士，未出仕的读书人。制举：即制科，是古代为选拔"非常之才"而不定期举行的非常科科

举考试。从刘禹锡这首诗的序中可知，当时朝廷诏书征贤良，裴昌禹踊跃应召，刘禹锡遂作此诗送行。　[2]嘉禾驿：唐朝时在嘉兴所设的驿站，因嘉兴在三国时又称嘉禾，故名"嘉禾驿"，其地在今嘉兴市区西丽桥状元坊处。联墙：共用一堵墙，即比邻而居。　[3]王余鱼：比目鱼的一种。传说越王勾践脍鱼未尽，将其半边弃于水中，其鱼遂只有一面，故称"王余"。苏小墓：南齐名妓苏小小的墓。旧志载唐时嘉兴县衙西南有苏小小墓，唐诗人李绅、张祜、徐凝、罗隐都有诗咏其事。　[4]方山：指今山西吕梁一带的北武当山，唐时为道教名山，也是裴昌禹的家乡。

赏　析

此诗作于唐长庆四年（824），时刘禹锡在和州（今安徽和县）刺史任上，裴昌禹当亦在此地。诗的前面十多句是对裴昌禹才华的赞美和对他大展宏图的期待。送人应试之诗大多这样写，倘全篇如此，也无不可，但稍落俗套。刘禹锡宕开一笔，转而回忆起两人幼时的友情。当年两人比邻而居，朝夕相见，春天踏青，夏日垂钓，在美丽的嘉兴共同度过了快乐的少年时光。这样的回忆既体现了两人感情的深厚，也表达了更深一层的期待：等你功成身退，我们再做好邻居。这就比一般的应酬之作显得更有新意，更意味深长。这首诗写得明快俊爽、开阔疏朗，散发出真挚的感情和雄直的气势，极富艺术张力。

白居易

　　白居易（772—846），字乐天，晚号香山居士。原籍太原（今属山西），祖上迁居下邽（今陕西渭南）。唐贞元十六年（800）进士及第。官至刑部尚书。有《白氏文集》。白居易于唐长庆二年至宝历二年（822—826），先后任杭州刺史和苏州刺史，首尾五年。他在《寄殷协律》（殷协律即嘉兴诗人殷尧藩）诗中说："五岁优游同过日，一朝消散似浮云。"可见在此五年间他可能多次来嘉兴。

登西山望硖石湖[1]

菱歌清唱棹舟回，树里南湖似鉴开。[2]

平障烟浮低落日，出溪路细长新苔。

居民地僻常无事，太守官闲好独来。[3]

犹忆长安论诗句，至今惆怅读书台。[4]

（《白居易诗集校注》外集卷下）

注　释

[1] 西山：在海宁市硖石镇，为当地名胜。万历《杭州府志》（海宁明代时属杭州府）说"唐中书舍人白居易登此山，望硖石湖"，因为唐代

中书省又称紫微省，中书舍人亦称紫微舍人，由此西山有了"紫微山"的别名。硖石湖：一般认为是硖石的鹃湖，已湮。现鹃湖为近年来新开挖。　　[2] 鉴：镜子。　　[3] 太守：汉代郡府的长官，唐时称刺史。这里是作者自称。　　[4] 长安论诗：五代王定保《唐摭言》载，白居易年轻时初到长安，拜谒顾况，顾况一看名字，开玩笑说"长安百物贵，居大不易"。及至看到他的诗句"野火烧不尽，春风吹又生"，感叹说："有句如此，居天下有甚难？"读书台：海宁硖石的东山，旧时有顾况读书台。

赏　析

　　这是一首睹物思人之作。前两句写景，先总写登西山所见——山下绿树环绕的湖水清碧似鉴，菱歌声中小船漂荡。然后写自己登山所见——远处是烟浮落日，近处是路边苔痕，一壮阔一细腻。接着是由景及人的过渡——此地安定平和，身为刺史可以独自闲游。白居易有诗写当时的苏杭一带"平河七百里，沃壤两三州"，可为此句印证。最后抒写心声——看到东山上的顾况读书台，想起当年长安的那一则文坛佳话，不由得心存感恩，而顾况却已于几年前去世，睹物思人，怎不让人深感惆怅？白居易诗以通俗平易著称，这首也是如此，通篇娓娓道来，似无尖新之词，却是韵味深长，蕴含的感情更见醇厚、朴素。

徐　凝

　　徐凝，生卒年不详，睦州（治今浙江建德东北）人。长庆中，白居易为杭州刺史，举荐其应进士举，落第而归。后以布衣终老。与白居易、元稹等过从酬唱。徐凝诗朴实无华，流畅自然，善为七绝小诗。明人杨基称："李白雄豪妙绝诗，同与徐凝传不朽。"《全唐诗》存其诗一卷。

语儿见新月[1]

几处天边见新月，经过草市忆西施。[2]

娟娟水宿初三夜，曾伴愁蛾到语儿。[3]

（《唐五代诗全编》卷六八〇）

注　释

[1]语儿：也叫"御儿"，春秋时古地名，在今桐乡一带。也是水名，指从杭州至崇福、嘉兴的古运河。相传范蠡送西施入吴，途中生一子，至此地已能言，因名语儿。　[2]草市：城外的简陋集市。这里的"草市"可能指语儿附近的濮院。濮院古为樵李墟，宋建炎以前是一个草市。西施：古代越国美女，据说被送至吴国途中经过桐乡、海宁、嘉兴一带，留下许多传说。　[3]娟娟：明媚美好的样子，这里指新

月。愁蛾：女子发愁时皱起的双眉，这里指西施。蛾，蚕蛾。女子画眉如蚕蛾，遂喻美女为"蛾眉"。

赏 析

语儿是崇德（今浙江桐乡西南）一带的古运河，当年吴越争霸时，这里是吴越交界处，也是由吴至越、由越至吴的水陆必经之地，留下许多故事，也为后世诗人写作提供了丰富题材。此诗悬想当年西施从越国赴吴国，月下途经桐乡的情景。新月弯弯，娟娟可爱，一如当年的西施。古人不见今时月，今月曾经照古人，月光长在，而美人已消逝于历史的长河中。作者对月惆怅，流露出对西施的深深同情。全诗平易自然，清新凝练。

嘉兴寒食[1]

嘉兴郭里逢寒食，落日家家拜扫回。
唯有县前苏小小，无人送与纸钱来。[2]

（《唐五代诗全编》卷六八〇）

注 释

[1]寒食：清明前一两天为寒食节。古人从寒食节起禁火三天，只吃冷食，到郊野墓祭。 [2]苏小小：南齐时名妓，相传其墓在嘉兴。唐陆广微《吴地记》载："（嘉兴县）前有晋妓钱唐苏小小墓。"

清　康涛　苏小小像

赏 析

近世一般认为苏小小是钱塘（今杭州）人，所谓"钱塘苏小是乡亲"，杭州西泠桥下亦有苏小小墓。据徐凝此诗及刘禹锡《送裴处士应制举诗》、张祜《苏小小墓》、罗隐《苏小小墓》等诗，可知唐时嘉兴有苏小小墓，这是值得重视的文献资料。苏小小是南齐名妓，人们爱慕她的美丽和才华，生前风光热闹，死后却寂寞冷清。在家家扫墓的寒食节，竟无一人为苏小小送点纸钱，诗人言下不胜唏嘘之至。徐凝仕途蹭蹬，白衣终身，此诗是借苏小小的身后悲凉，自怜怀才不遇，感叹世态炎凉，大有"怅望千秋一洒泪，萧条异代不同时"之意。

顾非熊

顾非熊（约796—约854），字国佐，苏州海盐（今属浙江）人。唐代诗人顾况之子。困科举试场三十年，唐穆宗长庆年间特奏名进士，官盱眙主簿。后弃官隐居。今《全唐诗》存其诗一卷。

途次怀归[1]

陇头禾偃乳乌飞，兀倚征鞍倍忆归。[2]

正值江南新酿熟，可容闲却老莱衣。[3]

（《唐五代诗全编》卷六八一）

注 释

[1]途次：途中停留（或住宿）。　[2]陇头：田间。禾偃：倒垂的麦（稻）穗。兀：突起（指坐在马背上）。　[3]老莱衣：孝亲的典故。据《太平御览》引刘向《孝子传》，老莱子年七十，为使父母开心，穿五彩衣作婴儿戏。

赏 析

顾氏是海宁的古老家族，唐代顾况以来人才辈出。顾况之子顾非熊也以诗闻名,尤其是他写自己科举多次落第后的境况和心情之诗,十分真切动人。这首七言绝句写于他又一次科举落第后的回乡途中,表达强烈的思乡思亲之情。前两句写旅途中骑在马背上的所见所感,田头倒垂的稻穗上乳乌(幼乌)初飞,看到此,更引发了他强烈的思乡思亲之情。后两句是想象之词,这时节江南家乡新酿的美酒已经可以喝了,家中亲人正在盼望着自己归去,自己也渴望早点回家孝敬家中双亲。短短四句诗,虚(想象)实(所见)结合,情感真挚,语言朴素,真切动人。嘉兴是水稻产区,农民至今尚在春、秋自酿米酒(称"杜做酒"),从此诗可知唐代已有此习俗。

方 干

方干（？—约888），字雄飞，门人私谥为玄英先生，新定（治今浙江建德）人。一生科举失意，后隐居会稽（今浙江绍兴）镜湖。有《玄英先生集》。方干的诗当时颇负盛名，有"句满天下口，名聒天下耳"之称。长期隐居江南，诗中多有江南风物，亦曾来嘉兴，有《嘉兴县内池阁》等诗作。

寄嘉兴许明府[1]

槜李转闻风教好，重门夜不上重关。[2]
腰悬墨绶三年外，身去青云一步间。[3]
勤苦字人酬帝力，从容对客问家山。[4]
升沉路别情犹在，不忘乡中旧往还。

（《唐五代诗全编》卷七三六）

注　释

[1]明府：县令。　[2]槜李：嘉兴古称，源于春秋时，因地产佳李而名。亦作"醉李""就李"。重关：两道门闩。关，指门闩。　[3]墨绶：结在官印印钮上的黑色丝带。《汉书·百官公卿表上》："秩比六百石以

上,皆铜印黑绶。" [4]字人:抚治百姓。《资治通鉴·唐代宗大历十二年》:"县令,字人之官。"帝力:帝王的恩德。家山:家乡的山,指故乡。

赏 析

  方干隐居鉴湖,生活清贫,免不了有求于人,故其集中以干谒、酬赠为内容的诗占了一半以上。这首诗是写给一位姓许的嘉兴县令的,诗中称颂了许县令的功绩,恭维他不久就要青云直上。但诗人的分寸掌握得比较好,因而诗格不见卑下。他称誉嘉兴民风淳朴、夜不闭户,虽着眼点在于政绩,却也反映了晚唐时嘉兴一地的繁荣。"转闻"一词似平而巧,引出嘉兴的风俗淳朴,显得十分客观。一个"教"字,又将功劳归到了县令身上。全诗无一处用典,流畅通俗,却又富有诗意。清人有"晚唐诗人有佳句而多俗言者"之说,这首诗就是如此。

罗　隐

罗隐（833—910），原名横，字昭谏，新城（今浙江杭州市富阳区西南）人。屡试不第。唐光启三年（887）归谒杭州刺史钱镠，被辟为从事，又表为钱塘县令，后授司勋郎中、镇海军节度判官等职。后梁开平二年（908）授吴越国给事中。与罗虬、罗邺并称"三罗"，有《甲乙集》《谗书》等。其诗多愤世嫉俗、讥刺时世之作，诗风则浅近流畅，一些名句如"今朝有酒今朝醉"等，流传至今已成俗语。罗隐曾游嘉兴，作有《苏小小墓》等诗。

秦望山僧院 [1]

巉巉危岫倚沧洲，闻说秦皇亦此游。[2]

霸主卷衣才二世，老僧传锡已千秋。[3]

阴崖水赖松梢直，藓壁苔侵画像愁。[4]

各是病来俱未了，莫将烦恼问汤休。[5]

（《罗隐集校注》卷九）

注　释

[1] 秦望山：又名秦驻山、秦山，位于嘉兴海盐县。相传秦始皇南巡

时登此山以望东海，故名。秦望山上旧有秦始皇庙，内有梁天监年间（502—519）官府所立的石碑。　　[2]巉巉：峭拔险峻。危岫：高峰。秦望山在钱塘江畔，故云"倚沧洲"。　　[3]卷衣：君王或上公的礼服。卷，通"衮"。二世：秦传至二世胡亥即亡。传锡：锡，指锡杖，代表寺院主持之权。传锡谓佛门以锡杖传代。　　[4]阴崖：背阳的山崖。濑：一作漱。　　[5]病：忧虑，烦恼。了：了悟。汤休：南朝宋高僧惠休，俗姓汤。代指高僧。

赏　析

　　这首诗是罗隐在游览嘉兴海盐县的秦望山（今称秦山）时所作，其时应在其任职浙江期间。全诗从怀古入手，抒发人生感喟。当年秦始皇横扫六国，一统天下，企图传之万世，然却二世而亡，浑不如寺庙老僧代代相传。世间万物，各有各的烦恼，山上松树日日遭溪水冲刷，眼前的壁画遭苔藓侵蚀，可谓"各是病来"。各人的烦恼只有靠各人自己解脱，不必去问高僧。这首诗写的是佛理，但从眼前事生发开来，事与理贴得切近，虽是以诗说理，却仍是诗意盎然。

杜荀鹤

　　杜荀鹤（846—904），字彦之，号九华山人，池州石埭（今安徽石台）人。唐昭宗大顺二年（891）中进士第，返乡闲居。朱温表荐为翰林学士、主客员外郎、知制诰，卒于任。有《唐风集》。杜荀鹤早年曾随运河游历江浙，有多首诗歌描写江南风情，如《送人游吴》《春日行次钱塘却寄台州姚中丞》等。

送友游吴越

去越从吴过，吴疆与越连。
有园多种橘，无水不生莲。
夜市桥边火，春风寺外船。[1]
此中偏重客，君去必经年。[2]

（《唐风集》卷上）

注　释

[1] 火：灯烛。杜甫《春夜喜雨》："江船火独明。"　　[2] 重客：好客，看重留客。

赏 析

　　这是一首送行诗。虽未点明具体地点，然嘉兴地处吴越之间，有"吴根越角"之称，故旧志多以为此诗即写嘉兴。吴越大致相当于今浙北、苏南一带，也就是狭义的江南。全诗抓住了江南水乡的典型景色，提到橘、莲、桥、船，以不无炫耀的口气向友人赞美了吴越之地的美丽与繁荣。这跟他的《送人游吴》中的"君到姑苏见，人家尽枕河""夜市卖菱藕，春船载绮罗"有异曲同工之妙。唐末战乱频仍，而吴越之地成为一块难得的乐土，本诗即体现了这一历史现象。本诗也体现了杜荀鹤朴实自然、清新秀逸的诗风，其中"夜市桥边火，春风寺外船"为历来传诵的名句。全诗如老友晤对，明白如话，尤其是首句"去越从吴过，吴疆与越连"，于吟咏中生出一种回环唱叹之致。

清　顾梁　虹桥画舫图

浙江诗话

宋元

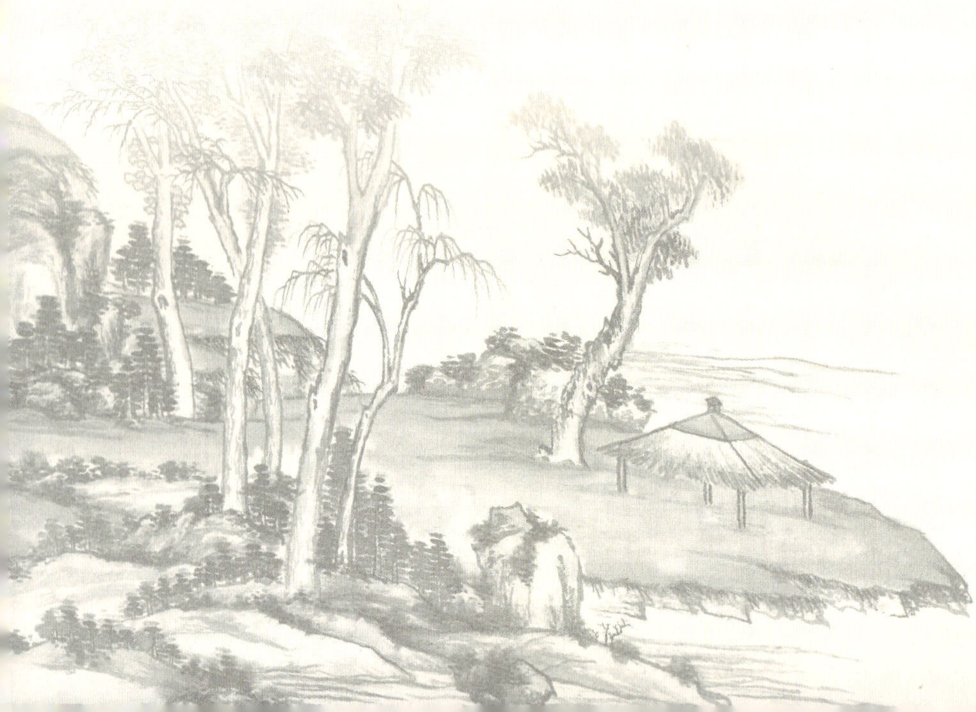

张 先

张先（990—1078），字子野，乌程（今浙江湖州）人。北宋著名词人，婉约派代表人物。其词意象繁富，用词凝练，善于以工巧之笔表现一种朦胧的美。著有《张子野词》，存词一百八十多首。张先于康定元年（1040）以秘书丞任吴江知县，庆历三年（1043）为秀州（今嘉兴）判官。晚年致仕乡里，优游卒岁。

天仙子

时为嘉禾小倅，以病眠，不赴府会。[1]

水调数声持酒听。[2] 午醉醒来愁未醒。送春春去几时回，临晚镜。伤流景。往事后期空记省。[3]　沙上并禽池上暝。[4] 云破月来花弄影。重重帘幕密遮灯，风不定。人初静。明日落红应满径。

（《张子野词》卷二）

注 释

[1] 嘉禾：嘉兴别称，因三国吴黄龙三年（231）此地"野稻自生"而得名。倅：地方副职。张先于宋仁宗庆历三年（1043）为秀州判官，判官为知州的佐官，故以"小倅"自称。　　[2] 水调：曲调名，流行于唐宋。相传为隋炀帝杨广所制。　　[3] 记省：回忆省识。　　[4] 并禽：成对的鸟，指鸳鸯。鸳鸯又称匹鸟。

赏 析

　　这首写于嘉兴的词，是张先的名作，因其中的佳句"云破月来花弄影"，及另两首词中的名句"娇柔懒起，帘压卷花影"和"柳径无人，堕风絮无影"，张先有了"张三影"的雅号。陆游在《入蜀记》中载，当时嘉兴府衙内有一"花月亭"，"有小碑，乃张先子野'云破月来花弄影'乐章，云得句于此亭也"，可见影响之大。"临老伤春"的主题在词中常见，但张先在这首词中却写出了独特的人生感受，一种无奈而又伤感的情绪弥漫全篇。"云破月来花弄影"是全篇的中心，生动如绘，深刻感人，"破""弄"两字，表现力极强，对内心刻画极为细腻，王国维在《人间词话》中评价极高："著一'弄'字而境界全出矣。"

梅尧臣

梅尧臣（1002—1060），字圣俞，世称宛陵先生，宣州宣城（今属安徽）人，祖籍吴兴（今浙江湖州）。皇祐三年（1051）得宋仁宗召试，赐同进士出身。曾官国子监直讲、都官员外郎，世称"梅直讲""梅都官"。有《宛陵先生文集》。梅尧臣之诗有"古淡"之誉，善于以平淡的语言表达深远的意境和余味悠长的情感。梅尧臣曾以德兴县令之职兼知建德、襄城两县，并监湖州税。今建德市有梅城镇，即为纪念梅尧臣而命名。《至元嘉禾志》收有梅氏《青龙海上观潮》等诗四首，以及《和华亭十咏》（时华亭属嘉兴）组诗十首。

会稽妇[1]

食藕莫问浊水泥，嫁婿莫问寒家儿。

寒儿黧黑面无脂，骥子纵瘦骨骼奇。[2]

买臣贫贱妻生离，行歌负薪何愧之！[3]

高车来驾建朱旗，铜牙文弩擐犀皮。[4]

官迎吏走马万蹄，江潮昼起横白霓。[5]

旧妻呼载后乘归，悔泪夜落无声啼。

吴酒虽美吴鱼肥，侬今豢养惭猪鸡。

园中高树多曲枝，一日挂与桑虫齐。[6]

（《宛陵先生文集》卷三四）

注　释

[1] 会稽妇：指朱买臣之妻。朱买臣是西汉会稽郡人，故称。嘉兴旧志多称朱买臣是嘉兴人，相传朱妻死后葬于杉青闸一带，称为"羞墓"。光绪《嘉兴府志》记有羞墓亭、羞墓，并把此诗题改为"题羞墓"。　　[2] 黳黑：黑中带黄。骥子：良马，比喻出色的人才。　　[3] 行歌负薪：指朱买臣一边担着柴，一边诵读着诗书。据《汉书·朱买臣传》，朱买臣"家贫，好读书，不治产业，常艾薪樵，卖以给食，担束薪，行且诵书"。　　[4] 铜牙文弩：绘着花纹的铜制机括的弓弩，指古代官员出行的仪仗。擐犀皮：指随行将士穿着犀牛皮做的盔甲。擐，穿。　　[5] 白霓：白虹。　　[6] 桑虫：桑叶上的小青虫，常吐丝吊挂在桑叶上。这是比喻朱买臣妻吊死于树上的样子。

赏　析

　　这首诗议论的是朱买臣及其妻的故事。旧志载朱买臣为由拳（今浙江嘉兴）人，相传嘉兴东门外东塔寺有朱买臣故宅及朱买臣墓。朱买臣其人其事见于《史记》《汉书》。朱买臣家贫，砍柴卖薪自给，但酷爱读书，因此被人耻笑。其妻不堪忍受而改嫁他人。

后来朱买臣时来运转，官拜会稽太守。上任时经过嘉兴，正好碰到其妻与后夫被官府驱使着来修路。朱买臣将妻子带回府中供养，妻子羞愧而自尽。因此衍生出"休妻""马前泼水"等情节，编成戏曲、故事，广为传唱。梅尧臣此诗感慨朱买臣及其妻的前后际遇，告诫人们莫要瞧不起穷人，贫贱之中也有英俊之士，如同雪白的藕生于浑浊的污泥之中一样。此诗概括了朱买臣故事的大致情节，写得通俗易懂，形象生动，体现了梅尧臣闲肆平淡、涵演深远的诗风。

清　沈毂　东塔寺图

题嘉兴永乐院檇李亭[1]

土化吴王甲,骨朽越王兵。[2]

五月菖蒲草,千年檇李城。

蒲根蛙怒嚄,城上乌夜鸣。[3]

吴越灭已久,客心空屏营。[4]

落日孤亭间,悠悠钟磬声。

(《宛陵先生文集》卷五九)

注 释

[1] 檇李亭:据光绪《嘉兴府志》,檇李亭在嘉兴城西二十七里处运河边陡门本觉寺,传说越败吴于檇李,即在此地。　[2] 吴王:指吴王阖闾。越王:指越王勾践。公元前496年,吴越两国在檇李亭一带展开一场争霸之战,史称"檇李之战",越胜吴败,吴王阖闾因伤大脚趾而死。　[3] 蛙怒嚄:《韩非子·外储说上》载,越王勾践在路上见到一只鼓腹瞪眼有如发怒的青蛙,赶紧向它致敬。随从问这是为什么。勾践说,蛙有如此勇气,当然值得尊敬。越国勇士听闻此事,都说越王连怒蛙都敬重,何况是勇士?于是都来追随勾践。乌夜鸣:暗指吴王夫差宠幸西施事。唐李白《乌栖曲》:"姑苏台上乌栖时,吴王宫里醉西施。"　[4] 屏营:惶恐。

赏　析

　　槜李是产于嘉兴的一种名贵李子，嘉兴在春秋时即称槜李，这是嘉兴最古老的别称之一。相传槜李亭曾是吴越槜李之战的战场，北宋时亭尚存。梅尧臣于宋嘉祐三年（1058）过此地，作此诗以凭吊。

　　诗的开头便大发感慨——吴越两国当年为争夺霸主地位，连年大战，你死我活，但现在都化作了一抔泥土。"土化""骨朽"是互文。接下去写今日槜李亭之所见，移情于景：五月初夏，菖蒲茂盛，古战场遗址历经千年犹存，见证着那场激战。菖蒲草根下蛙鸣不绝，让人想起越王勾践当年的怒蛙之敬。城上乌啼，已到黄昏，令人想起吴王宠幸西施，寻欢作乐的往事。最后抒情——吴越争霸已过千年，但往事历历在目，犹让人心存恐惧；孤亭落日，夕阳残照下的悠悠钟声，引人反思战争的惨烈与残酷。这首诗中，古与今、眼前景物与历史故事交织在一起，深沉悠远而又凄怆苍凉，富有感染力。

苏舜钦

　　苏舜钦（1008—1049），字子美，开封（今属河南）人。宋景祐元年（1034）进士。官大理评事、集贤殿校理等。因参与范仲淹"庆历新政"，遭保守派弹劾而罢职闲居苏州，建沧浪亭，自号沧浪翁。有《苏舜钦集》。苏舜钦诗慷慨豪迈，是北宋诗文革新运动中的重要作家，与梅尧臣齐名，人称"梅苏"。从其作品看，至少曾两次到过嘉兴。

秀州城外[1]

当年共醉此桥边，道旧狂歌至暮天。[2]

得句旋题新竹上，移舟还傍乱花前。

君埋尘土骨应化，我逐风波心欲燃。[3]

落日长号感人事，沙头寂莫上渔船。[4]

（《苏学士集》卷七）

注　释

[1] 此诗题原作"秀州城外九里有竹树小桥，予十八年前与友人解晦叔饮别于此，今过之，景物依然，而解生已亡。悲叹不足，复成小

诗"。　[2]道旧：谈论往事，叙说旧情。　[3]心欲燃：心情激荡，如欲燃烧。　[4]长号：大声地哭。感人事：有感于人世间事。

赏　析

　　这首诗写于庆历六年（1046）。苏舜钦于庆历四年遭人构陷"监主自盗"，削职为民，贬至苏州闲居。此时来到嘉兴城外，他想起十八年前与朋友解晦叔在此地桥边饯别，纵论友情，直至天暮。当年的场景和欢快的心情，他记忆犹新。但如今挚友长逝，自己前途坎坷，一念及此，他不由长歌当哭，既是哭朋友，更是哭自己。这诗由"物是"而"人非"，由悲友而及己，全诗笼罩在悲怆而深情的氛围中。就艺术手法而言，苏舜钦以善用虚字著称，这首诗的中间两联对仗极工，为避免呆板凝滞，诗人连用了"旋""还""应""欲"四个虚字，使得语气流转，意脉畅通。

韩　琦

韩琦（1008—1075），字稚圭，相州安阳（今属河南）人。北宋时政治家。久在军中，与范仲淹并称"韩范"。为相十载，辅佐三朝，与富弼并称"富韩"。官至右仆射，封魏国公，谥"忠献"。《四库全书总目提要》称他："诗句多不事雕镂，自然高雅……其他随时抒兴，亦多寄托遥深。"有《安阳集》等传世。

周沆著作宰秀州嘉禾 [1]

庇身名邑得嘉禾，铜墨犹嗟滞俊科。[2]

前席未期宣室召，闻弦还继武城歌。[3]

酒旗穿柳春堤迥，鱼艇藏花夕唱和。[4]

对此不劳披县谱，且求新句解诗魔。[5]

（《安阳集编年笺注》卷四）

清　钱善扬　嘉禾六穗图

注　释

[1]周沆：北宋仁宗时人，字子真，青州益都（今属山东）人。官枢密直学士、户部侍郎等。据光绪《嘉兴府志》，周沆于宋仁宗庆历年间任嘉兴县知县，故是诗亦应当作于此时。著作：著作郎或著作佐郎，从五品或从六品。　[2]铜墨：指县令。汉制，秩比两千石以上，为银印青绶；六百石以上，为铜印墨绶。俊科：才智杰出之士。滞俊科，犹言屈才。　[3]"前席"句：用汉贾谊典，汉文帝在宣室召贾谊，问鬼神之事，"至夜半，文帝前席"。"闻弦"句：用《论语·雍也》典，孔子弟子子游任鲁国的武城县令，用礼乐弦歌治理有方。　[4]迥：远。　[5]披：翻阅。县谱：县里的簿牒。披县谱意谓劳于县里公务。

赏　析

　　这是一首送朋友赴任的诗。这种酬应之作，很容易落入俗套。这首诗就内容而言，也是送行诗中十分常见的，即夸耀朋友的才能，称赞地方的富庶，而它的高明之处，在于风雅与得体。用贾谊和子游的典故，是表示朝廷对周沆的重视，也是表示周沆治理一县举重若轻。最后一句"且求新句解诗魔"，更是符合周沆著作郎的身份，恭维得恰到好处。夸人不难，难的是搔到对方的痒处，难的是符合双方的身份，这首诗就做到了。此外，"酒旗穿柳春堤迥，鱼艇藏花夕唱和"，描绘了一派安宁平和的景象，可知嘉兴在宋时已十分繁华，韩琦称之为"名邑"，良有以也。

闻人安道

闻人安道（1016—1096），字彝庚，嘉兴（今属浙江）人。宋仁宗景祐五年（1038）进士，监睦州酒税，通判歙州，历官职方郎中等，知南康军罢归。为人秉性沉笃，博览群书，与苏轼、司马光等相交。

题招提院静照堂[1]

清虚结宇卜居新，寂静标名欲性纯。
直向万缘无断处，应为一念不生人。[2]
风幡震动殊非闹，水月澄明未是真。[3]
宴坐经行惟此地，个中消息与谁亲。[4]

（《至元嘉禾志》卷二七）

注　释

[1] 招提院静照堂：据光绪《嘉兴府志》，招提寺在郡治（即今嘉兴子城）西二里处，唐僖宗光启四年（888）刺史曹珪舍宅建，初名罗汉院。宋英宗治平四年（1067）改名招提寺。宋哲宗元祐年间僧本莹（号慧空）建静照堂。　　[2] 无断：佛教概念，不要执着于断

灭。　　[3]风幡震动：用惠能典。《坛经·行由品》："时有风吹幡动。一僧曰风动，一僧曰幡动。议论不已。惠能进曰：非风动，非幡动，仁者心动。"水月澄明：《摩诃僧祇律》载猕猴水中捞月事。后以水月喻幻象。　　[4]宴坐：安坐。

赏　析

　　招提寺静照堂在宋时是嘉兴名胜，苏轼、苏辙、司马光、王安石、王珪、郑獬、韩维等均有题诗，《至元嘉禾志》所载静照堂诗多达四十首。惜此寺在元时已毁。闻人安道的这首诗，紧扣"静照"两字下笔，于介绍静照堂中阐述静心观照万物、忘却世俗尘务欲望的佛理。这首诗多有佛言、佛典，但运用得十分自然、贴切，即使不通佛学者也能读懂。虽是说理之作，因结合了眼前之景与诗人之情，故读来不觉晦涩，反有几分理趣。

沈　括

沈括（1031—1095），字存中，钱塘（今浙江杭州）人。北宋政治家、科学家。嘉祐八年（1063）进士。被贬后曾在嘉兴住过数年，《至元嘉禾志》收有其在元丰八年（1085）为嘉兴府崇德县学撰写的《县学记》。元祐二年（1087），沈括在嘉兴绘制成《天下州县图》，又称《守令图》。沈括被李约瑟称为"中国整部科学史中最卓越的人物"。有《梦溪笔谈》等二十多种著作。

秀州秋日 [1]

草满池塘霜满梅，林疏野色近楼台。

天围故越侵云尽，潮上孤城带月回。[2]

客梦冷随风叶断，愁心低逐雁声来。

流年又喜经重九，可意黄花是处开。[3]

（《至元嘉禾志》卷三一）

注　释

[1] 宋神宗元丰五年（1082），沈括因守边"应对失当"而被贬为均州团练副使，随州安置。元丰八年（1085），宋哲宗继位，遇赦，改任秀

州（今嘉兴）团练副使，但不得签书公事。沈括在秀州居住四年，并在州治之西建一啸诺堂。这首诗即写于这个时期。　　[2]故越：嘉兴一带古代属越国。　　[3]重九：重阳节。可意：合意。是处：到处。

赏　析

　　沈括在嘉兴时，虽仍是一个有职无权的闲散官员，但因秀州毗邻故乡杭州，"未填沟壑，重见乡间"而"有以慰乡井之怀"，其心情也渐渐平静起来。这首诗，体现的正是这样的心情。在诗中，沈括没有一句言及心理，其心情却通过写景自然流露，即所谓以景语写情语。前面两联写嘉兴的晚秋景色，云淡风轻，却又疏宕寥落，一如此时沈括的心情。"客梦"一联表面上是写对故乡之思念，实际上是抒发对于自己遭贬境遇的苦闷。不过，诗人又自我宽解，秀州的美丽秋景总算给了他这样的逐臣几分慰藉。全诗传达出一种"哀而不伤"的情绪，是十分切合沈括当时的处境与心情的。同时，这首诗对嘉兴秋日景色的刻画也颇为细致到位，体现了沈括诗作追求"清丽"的特色。

苏 轼

苏轼(1037—1101),字子瞻,号东坡居士,眉州眉山(今属四川)人。嘉祐二年(1057)进士。宋神宗时,曾在杭州、密州、徐州、湖州等地任职。元丰三年(1080),因"乌台诗案"贬为黄州团练副使。又出知杭州、颍州、扬州、定州。新党执政,被贬惠州、儋州。苏轼为北宋后期文坛领袖,文为"唐宋八大家"之一,与欧阳修并称"欧苏",又与父苏洵、弟苏辙合称"三苏";诗与黄庭坚并称"苏黄";词与辛弃疾合称"苏辛";亦工书,与蔡襄、黄庭坚、米芾并称"宋四家"。有《东坡全集》等。苏轼与嘉兴颇有渊源。他在杭州、湖州等地任知府时,曾多次到过嘉兴,并结识了不少朋友,留下了《和钱安道寄惠建茶》《钱安道席上令歌者道服》《秀州僧本莹静照堂》《奉和陈贤良》等诗。

盐官部役戏呈同事兼寄述古 [1]

新月照水水欲冰,夜霜穿屋衣生棱。[2]

野庐半与牛羊共,晓鼓却随鸦鹊兴。[3]

夜来履破裘穿缝,红颊曲眉应入梦。[4]

千夫在野口如林,岂不怀归畏嘲弄。[5]

我州贤将知人劳，已酿白酒买豚羔。[6]

耐寒努力归不远，两脚冻硬公须软。[7]

（《东坡七集》卷四）

注　释

[1] 盐官：盐官县。海宁历史上称盐官县，宋代属杭州府管辖，盐官镇是县治所在地。部役：即管理、开展工程。部，管辖。述古：陈襄，字述古。时陈襄任杭州太守，苏轼任通判。　[2] 衣生棱：衣服冻硬，生出棱角。　[3] 野庐：野外搭建的简易工房。　[4] 红颊曲眉：红润的脸颊，弯弯的眉毛，这里指家中的妻子。　[5] 岂不怀归：难道不想回去吗？通常指因公事不得外出。语出《诗经·小雅·四牡》："岂不怀归？王事靡盬。"　[6] 豚羔：猪羊。　[7] "两脚"句：古代将为归来的人举行的欢迎宴会称为"暖脚"。此句意含双关，既指天寒脚冷，吃着喝着太守送来的肉与酒暖和双脚，也指工役结束可以归家。

赏　析

熙宁五年（1072），当时任杭州通判的苏轼主持开凿从杭州到海宁盐官一带的上塘运河工程。他亲临工地督役，慰问开河役夫，心有所感，写下了这首诗及《汤村开运盐河雨中督役》等。这首诗前四句写冬夜工地上的场景；中间四句写自己怀归不得；最后四句写太守将慰劳自己。全诗炼字炼句的功力极为深厚，描摹冬夜之寒冷、"部役"之艰苦，抓住细节，生动形象，如在目前。清人赵克宜在《角山楼苏诗评注汇钞》中称："起四语，情事景况，一一在目。"王文诰《苏文忠公诗编注集成》中也说"野庐"两句"极炼！的是开河官语"。因为这首诗是送给上司的，故而也不宜一味"叫苦"，诗人将艰苦以一种轻松而豁达的口气表达出来，并称为"戏呈"，处理得十分得体，也体现了苏轼性格之豁达与人情之练达。

秀州报本禅院乡僧文长老方丈[1]

万里家山一梦中，吴音渐已变儿童。[2]

每逢蜀叟谈终日，便觉峨眉翠扫空。[3]

师已忘言真有道，我除搜句百无功。[4]

明年采药天台去，更欲题诗满浙东。[5]

（《东坡七集》卷四）

注　释

[1]报本禅院：即本觉寺。据光绪《嘉兴府志》，本觉寺在嘉兴西二十七里运河边上，古有樏李亭。宋神宗熙宁年间，苏轼三过此寺，与住持文长老交往，三次留诗。文长老：据《东坡志林·付僧惠诚游吴中代书十二》，文长老乃"秀州本觉寺一长老，少盖有名进士，自文字言语悟入，至今以笔砚作佛事，所与游皆一时文人"。苏轼写与文

长老诗共有三首,这是第一首,作于熙宁五年(1072)。　[2]"吴音"句:此句倒装,即"儿童渐已变吴音"。吴音,江南土话。　[3]蜀叟:指文长老,文长老是蜀州人,与作者同乡。峨眉:峨眉山,在作者家乡。　[4]忘言:指心领神会已不必用言语来说明的境界。典出《庄子·外物》"得鱼而忘筌""得意而忘言"。搜句:指写诗文。　[5]天台:天台山,在今浙江台州。南朝宋刘义庆《幽明录》有刘晨、阮肇入天台山采药故事,后以采药天台指得道成仙。浙东:宋代以钱塘江为界,分为"浙西路"(今天称为"浙北")与"浙东路"两大区域。嘉兴在浙西,天台在浙东。

赏　析

苏轼一生始终处于出世与入世的矛盾之中,而儒释道的思想也在他身上互为补充、完美统一。写这首诗的时候,正是他政治失意外出为官之际,内心的矛盾与挣扎也在诗中流露出来。他写自己久居他乡,连孩子的口音都不再是乡音,而变成了吴音,这里既有以他乡为故乡的情感,又隐含怀才不遇、官居下僚的不满。他以"得意而忘言"之典称赞文长老道行高超,自嘲只会写写诗文,百无一用,语含牢骚。最后两句"采药天台去"与"题诗满浙东",实是一对矛盾,恰于矛盾中表现了苏轼不慕荣利、积极向上的人生态度。可以说,正是这种复杂的思想,引起了历代文人的强烈共鸣,"三过堂"也成为嘉兴名胜,千百年来诗词不绝,成为一个独特的文化现象。

清　沈毂　煮茶亭图

陆蒙老

陆蒙老,生卒年不详,字元光,归安(今浙江湖州)人。根据清同治《湖州府志》及明万历《湖州府志》等史料,陆蒙老在宋熙宁六年(1073)中进士,做过嘉兴令,元符元年(1098)六月,以通直郎身份到常州任晋陵令,后来还做过湖北转运使。与苏轼关系密切(《梁溪漫志》卷四《东坡懒版》)。《宋诗纪事》卷四一小传云:"(陆蒙老)宣和初为嘉兴令,后改晋陵。"陆蒙老的《嘉禾八咏》,是目前看到最早的以嘉兴景色为题材的组诗。

披云阁 [1]

城角巍栏见海涯,春风帘幕暖飘花。

云烟断处沧江阔,一簇楼台十万家。[2]

(《至元嘉禾志》卷三一)

注 释

[1] 此诗为《嘉禾八咏》之一。《嘉禾八咏》描摹了当时嘉兴城内最有名的八处景点,分别是会景亭、金鱼池、披云阁、苏小小墓、五柳桥、羞墓、宣公桥、月波楼。披云阁:在嘉兴府衙子城。据光绪《嘉兴府志》,披云阁系北宋宣和四年(1122)知州曾统倡议而建。此前子城西

北有披云亭，曾统嫌其卑小，乃扩增改建。阁与怀苏亭（近苏小小墓）相近。南宋初又扩建，后由子城西北移址子城上东偏，改名"风月无边楼。" [2]断处：尽处。

赏　析

　　这首诗写嘉兴城内的披云阁及登阁所见的城内外景色，反映出宋时嘉兴城的繁荣。诗人登上子城角上的披云阁，和煦的春风吹拂着阁楼的帘幕，空气中飘浮着春天的花香，心情极为舒畅。极目远望，云烟尽头，似可望见苍茫的海涯。这几句紧扣"披云"之名，写出了披云阁之高远。最后一句视角由远及近，低头望去，"一簇楼台十万家"，这是写嘉兴的名句，子城周围是嘉兴最为热闹的集市，"十万家"云云，虽属夸张，但嘉兴自五代升为秀州以来，经济发达，为江南重镇，诗人自豪之情溢于言表。

毛 滂

毛滂（1060—?），字泽民，号东堂，衢州（今属浙江）人。有《东堂集》。苏轼赞其"文词雅健，有超世之韵"。诗词受苏轼、苏辙影响，当时有"豪放恣肆""自成一家"之评。毛滂曾于政和年间任秀州知州。

七娘子 和贺方回登月波楼[1]

月光波影寒相向。借团团、与做长壕样。[2]此老南楼，风流可想。[3]殷勤冰彩随人上。　欲同次道倾家酿。[4]有兵厨、玉盎金波涨。[5]云外归鸿，烟中飞桨。五湖秋兴心先往。[6]

（《毛滂集》卷五）

注 释

[1] 贺方回：北宋著名词人贺铸，字方回，有《东山词》，与周邦彦并称"贺周"。据学者考证，贺铸并未到过月波楼。贺铸原词今残存，题记作："……寄月波……拥鼻微吟，捋须遐想，吾自得……见招，因采其语赋此词。"似毛滂先有月波楼诗寄贺铸，贺铸以词复，毛滂又

和此词。此词当作于政和五年（1115）。月波楼：嘉兴名胜。《明一统志·嘉兴府》："月波楼在府西北城上，下瞰金鱼池。宋元祐中知州令狐挺建，政和中毛滂重修。"　　[2]团团：指圆月。长壕：长长的护城河。　　[3]南楼：用《世说新语》中庾亮"南楼咏谑"的典。以月波楼比武昌的南楼，以庾亮与朋友在南楼吟诗咏唱，举座皆欢，来喻自己与贺铸的酬唱，故云"风流可想"。　　[4]次道：《世说新语·赞誉》中有"见何次道饮酒，使人欲倾家酿"，这句以何次道比贺铸，欲与贺在月波楼上开怀畅饮。　　[5]兵厨：指储存好酒的地方。《三国志·王粲传》载，阮籍闻步兵校尉厨贮美酒数百斛，营人善酿，乃求为校尉。玉盏金波：指好酒。秀州有名酒"月波"。宋张能臣《天下名酒记》曰："秀州酒，名月波，里中因有月波楼。"　　[6]五湖：用范蠡典。范蠡功成身退，携西施泛舟五湖。

赏　析

　　毛滂是一位风雅的官员，他在主政秀州期间，重修了月波楼，还写了一篇《月波楼记》，并把此记寄给了诗友贺铸，贺铸作了一首《七娘子》词回应，词中还用上了《月波楼记》中的"拥鼻微吟，捋须遐想"一句。毛滂此词，即和贺铸之作。词人邀请朋友在月波楼的"月光波影"中，一边畅饮"月波"美酒，一边吟诗作赋，谈玄说理，是何等的快意。这首词用典较多，涉及庾亮、何充、阮籍等，都是历史上著名的风流人物，而所用之事，也是畅游、饮酒、清谈，十分切合主题。这些典故非但没有影响阅读的节奏，反而显得内涵丰富，有种含蓄委婉、言简意丰之美。

朱敦儒

　　朱敦儒（1081—1159），字希真，号岩壑老人，洛阳（今属河南）人。"靖康之变"后，侨居嘉兴，后在南宋朝廷为官，不久隐居嘉兴南湖放鹤洲，南宋周密的《澄怀录》记陆游曾至放鹤洲拜访他。有词集《樵歌》三卷。其中《好事近》组词十首，系写隐居嘉兴的生活。朱敦儒有"词俊"之名，与"诗俊"陈与义等并称为"洛中八俊"。

好事近 渔父词[1]

　　摇首出红尘，醒醉更无时节。[2]活计绿蓑青笠，惯披霜冲雪。　　晚来风定钓丝闲，上下是新月。千里水天一色，看孤鸿明灭。[3]

（《樵歌》卷中）

注　释

[1] 朱敦儒有《好事近·渔父词》六首，此为其一。　　[2] 红尘：俗世。　　[3] 明灭：时隐时现。

明　杜琼　南湖草堂图

赏　析

"渔父"的形象，在古诗词中经常出现。从先秦时的庄子和屈原，到唐代的柳宗元、张志和，都写过渔父。"渔父"往往象征着对现实的不满，不愿同流合污，而寄情于山水。朱敦儒隐居在嘉兴南湖放鹤洲，四周是水，到处有鱼，"渔父"形象名副其实，这首《好事近》借"渔父"表现自己的隐居生活，也为我们留下了宋时放鹤洲的景象。相传放鹤洲是唐代贤相陆贽家的放鹤之处，后来成为中唐宰相裴休的别业，故又称"裴岛"。词的上片写自己远离"红尘"，每天的"活计"无非是垂钓，自由自在，任由醒醉。词的下片选取了月下垂钓的宁静画面，以洗练的笔墨勾勒出一幅清雅的图画，进一步渲染隐居之乐。"孤鸿"的意象，隐含着遗世独立的孤傲。这首词写得清旷空灵，体现了朱敦儒飘逸悠远的心境。在语言上也是明白晓畅，简单明了，无生僻字眼，无一句用典，如同家常闲聊，可谓辞浅而意远。

曾　幾

曾幾（1084—1166），字吉甫，号茶山居士，谥"文清"。其先赣州（今属江西）人，迁居洛阳（今属河南）。曾任浙西提刑、浙东提刑、台州知府等职，官至礼部侍郎。有《茶山集》。曾幾的学生陆游为其所作的《墓志铭》，称"治经学道之余，发于文章，雅正纯粹，而诗尤工"。

苏秀道中自七月二十五日夜大雨三日秋苗以苏喜而有作

一夕骄阳转作霖，梦回凉冷润衣襟。

不愁屋漏床床湿，且喜溪流岸岸深。

千里稻花应秀色，五更桐叶最佳音。[1]

无田似我犹欣舞，何况田间望岁心。[2]

（《茶山集》卷五）

注　释

[1]秀色：秀美的容色，这里指秧苗的青绿色十分可喜。　[2]望岁：盼望丰收。

赏　析

　　这是夏秋之交诗人在从苏州到嘉兴的路上，喜遇秋雨而作。全诗围绕着一个"喜"字做文章。首联写由晴转雨，傍晚尚是一轮骄阳，夜里便下起大雨，连室内也感凉润，这是在转折中表现心情之惊喜。颔联化用杜甫诗句，前一句来自《茅屋为秋风所破歌》的"床头屋漏无干处"，后一句来自《春日江村》的"春流岸岸深"，"不愁"和"且喜"形成对比，体现其虽苦犹乐的心情。颈联推陈出新，梧桐滴雨，在诗词中常见，往往形容愁苦睡不着，这里则是反用，连雨打梧桐都成了"最佳音"——因为想到今年稻谷该有个好收成了。尾联是情感上的递进，连我这样路过此地的外乡人都如此高兴，何况那些辛勤耕种、盼望丰收的农民呢！全诗清新平易，活泼轻快，对仗自然，气韵疏畅，字里行间都可感觉出诗人的喜悦之情。

陈与义

陈与义（1090—1139），字去非，号简斋，洛阳（今属河南）人。南北宋之交的杰出诗人，是江西诗派的"一祖三宗"（一祖指杜甫，三宗指黄庭坚、陈与义、陈师道）之一。有《简斋集》。陈与义南渡后来到南方。绍兴五年（1135），辞官来到今乌镇地区，在芙蓉浦上寿圣塔院僧阁读书，名其室为"南轩"。有《菩萨蛮·荷花》《玉楼春·青墩僧舍作》《南柯子·塔院僧阁》《临江仙·夜登小阁忆洛中旧游》等词记其在乌镇的读书生活。

虞美人

余甲寅岁自春官出守湖州。[1]秋杪，道中荷花无复存者。[2]乙卯岁，自琐闼以病得请奉祠，卜居青墩镇。[3]立秋后三日行，舟之前后，如朝霞相映，望之不断也。以长短句记之。

扁舟三日秋塘路，平度荷花去。病夫因病得来游，更值满川微雨洗新秋。[4]　　去年长恨拿舟晚，空见残荷满。[5]今年何以报君恩，一路繁花相送到青墩。

（《简斋集》卷一六）

注 释

[1] 甲寅岁：宋高宗绍兴四年（1134）。春官：指礼部。绍兴四年八月，陈与义自礼部侍郎任上出知湖州。　　[2] 秋杪：秋末。　　[3] 乙卯岁：绍兴五年（1135）。琐闼：镌刻连琐图案的宫中小门，这里代指宫中。奉祠：宋代设祠禄之官，大臣年老不能任事者，常命为祠禄官，不理政事而予俸禄，以示优待。后凡疲老不任事者，也使任祠禄官。因祠禄官主管祭祀，故充任祠禄官称奉祠。卜居：择地居住。青墩镇：今属乌镇，位于嘉兴桐乡。　　[4] 病夫：体弱多病的人，这里是作者自称。据史载，绍兴五年六月，陈与义与宰相赵鼎"论事不合"，遂称病引去。　　[5] 拿舟：牵舟，这里指乘船。

赏 析

　　从小序中可知，这首词写的是词人辞官后决定到青墩镇闲居读书，船行途中所见所感。词人的心情无疑是轻松愉快的，立秋后三日也正是赏荷的最好时光，满湖荷花盛开，舟前舟后，有如朝霞相映，一望无垠。古诗词中很少用"繁花"来形容荷花的，但这里的一个"繁"字，正体现了词人情绪之兴奋，心情之舒畅。前人评陈与义词，说他"一句景对一句情者，妙不可言"，确实，这首词中的每一句在写景的同时又在写情。如"满川微雨洗新秋"是写景，加上"更值"两字，欣喜可见；"残荷满"也是写景，前有"空见"两字，失落可知。全词浓淡相宜，情、景、事浑然一体，叙事中见心绪，景色中寓情感，颇耐寻味。

李正民

李正民，生卒年不详，字方叔，扬州（今属江苏）人，南宋初寓居海盐。宋政和二年（1112）进士，官左朝奉大夫、徽猷阁待制等。据光绪《海盐县志》，李正民"善属文，邑中碑记多出其手"。其子李直养曾任海盐县令。李氏父子重视教育，在海盐兴办学校，兴建处仁、好义、复礼、近智四斋。李正民专门写有《海盐县学讲堂斋铭》，阐述重视教育、培养人才的思想。

海月亭 [1]

危亭注目了无边，脱屣尘寰思杳然。[2]

万顷秋涛翻浩渺，一轮明月对虚圆。[3]

光生银汉疑无地，望断蓬壶别有天。[4]

赤水枣花君莫问，新诗赓唱似朱弦。[5]

（《槜李诗系》卷二）

注 释

[1] 海月亭：即天风海月楼。据光绪《海盐县志》，楼建在县治武原镇天宁寺内，登楼可见大海。　[2] 危亭：耸立于高处的亭楼。脱

屣：比喻看得轻，无所顾恋，就如脱掉鞋子。　　[3]虚圆：月亮的盈亏。　　[4]银汉：银河。蓬壶：道教传说中海上有蓬莱（蓬壶）、方丈（方壶）、瀛洲（瀛壶）三仙山。　　[5]赤水枣花：典出《晏子春秋·外篇》："景公谓晏子曰：'东海之中，有水而赤，其中有枣，华而不实，何也？'"赓唱：酬答唱和。朱弦：《礼记·乐记》有句云"《清庙》之瑟，朱弦而疏越，一倡而三叹"，指音乐之美妙。

赏　析

　　这首七律从虚实两方面描写登临海月亭所见的雄奇风光，为我们保留下宋代海盐海月亭的记载。海盐地处钱塘江出口处东海边，登楼可见大海。首联即写登上高楼所见的总体印象，极目远望，大海莽莽苍苍无边无际，让人产生脱离尘世、融入宇宙、登天成仙之感。颔联描写秋日月下登楼所见雄奇景色，广阔无边的大海中海浪翻腾，一轮明月高挂天空，虽盈亏无常而光照大地。由此引出颈联的神奇遐想——月光普照如水泻地，抬头望月，那里是否别有天地？尾联则重新回到现实之中，神仙之事虚无缥缈，还是与友人一起在月下美景中酬唱吟诗吧。

范成大

范成大（1126—1193），字致能，一作至能，早年自号此山居士，晚年退居石湖，号石湖居士，吴县（今江苏苏州）人。绍兴二十四年（1154）登进士第，官至敷文阁待制、四川制置使，加资政殿大学士。有《范石湖集》。范成大多次来往嘉兴，也有多首诗言及嘉兴、崇德、乌镇等地。其《吴郡志》云："今秀州滨海之地，皆有堰以蓄水，而海盐一县，有堰近百余所。"又云："近世又有馄饨菱者最甘香，在腰菱之上。"此"馄饨菱"当是嘉兴的南湖菱。

长安闸 [1]

斗门贮净练，悬板淙惊雷。[2]

黄沙古岸转，白屋飞檐开。

是间袤丈许，舳舻蔽川来。[3]

千车拥孤隧，万马盘一坏。[4]

篙尾乱若雨，樯竿束如堆。

摧摧势排轧，汹汹声喧豗。[5]

逼仄复逼仄，谁肯少徘徊！

传呼津吏至,弊盖凌高埃。[6]

嗫嚅议讥征,叫怒不可裁。[7]

吾观舟中子,一一皆可哀。

大为声利驱,小者饥寒催。[8]

古今共来往,所得随飞灰。

我乃畸于人,胡为乎来哉。[9]

(《石湖集》卷二)

注 释

[1]长安闸:在今嘉兴海宁长安镇。长安镇是唐宋时京杭大运河沿线的重要市镇,因地势高低落差大,建有堰闸控制。其遗址尚存,为世界文化遗产大运河的重要节点。　[2]斗门:堤堰上所开的水门,以启闭来调节水位。净练:喻河水如洁白的丝绢。悬板:三级堰闸的门,可以提放启闭。浖:水声。此处用作动词,指河水急泻而出。　[3]袤:宽度。古代东西称广,南北称袤。舳舻:首尾相连的船只。蔽川:遮挡河流,形容船只之多。　[4]孤隧:单一的隧道,比喻闸门。坏(pēi):土丘。此两句以车辆来比喻船只。千百艘船只聚在一块过闸,如无数车马拥堵在小路口。　[5]摧摧:齐往上拥。排轧:拥挤。汹汹:声音嘈杂。喧豗:声音喧哗如雷声。　[6]津吏:管渡口闸门的小官。弊盖:破旧的车盖。　[7]议:商量。讥征:即稽征,检查征收。裁:裁减,减少。　[8]声利驱:受到名利富贵的驱使。　[9]畸于人:不同于常人的人。语出《庄子·大宗师》:

"畸人者，畸于人而侔于天。"这里指诗人不以名利为重，超脱世俗。

赏　析

这是范成大年轻时赴杭州途中路过长安镇所作。元代以前，京杭大运河过嘉兴后经崇福镇转走长安上塘，在长安建有堰坝。采用船闸调节水位高低，使船能顺利通过。此诗即写了当时船只经过长安闸的情形，展现出大运河上商船云集、交通繁忙的景象，也为后代留下了宋代长安堰坝的历史资料。诗人以写实的手法描写当时闸坝及过闸的情景，将水流的湍急、船只的拥挤、官吏的骄横、船家的无奈，描摹得十分生动形象。反映社会景况，寓以个人感慨，可谓"诗史"。

杨万里

杨万里（1127—1206），字廷秀，学者称诚斋先生，吉州吉水（今属江西）人。绍兴二十四年（1154）进士及第。官至江东转运副使。有《诚斋集》。与尤袤、范成大、陆游合称南宋"中兴四大家"。其诗风趣幽默，想象奇特，构思巧妙，人称"诚斋体"。杨万里数次经过嘉兴，留下多首诗，除本书所选，还有《崇德道中望福严寺》等。

衔命郊劳使客船过崇德县（其一）[1]

北关落日送船行，欲到嘉兴天已明。[2]

睡起一河冰片满，槌琼拟玉梦中声。[3]

（《诚斋集》卷二七）

注 释

[1] 衔命：遵奉命令。郊劳：到郊外迎接、慰劳宾客。使客：金国的使者。崇德县：位于嘉兴西南，后晋天福三年（938）吴越国置，现并入桐乡。清初因避清太宗"崇德"年号，改崇德县为石门县，以崇德镇为崇福镇。淳熙十六年（1189）九月，杨万里充当接伴使，接待金国来贺宋光宗生日的使者完颜守贞。绍熙元年（1190），又以焕章阁学士

的身份充当接伴使，接待金国使者来贺正旦（农历正月初一）。从诗中冬日场景看，当为正旦前后。船过崇德县时，杨万里有感，作诗三首，此为其一。　　[2]北关：杭州的北门，吴越国时称余杭门，后改为武林门。　　[3]槌琼拟玉：敲打金玉的声音，这里形容船过处撞碎冰块的声音。

赏　析

  诗人傍晚从杭州的北关出发，船行一夜，天明醒来已过崇德将到嘉兴了。前面两句写行程，似平平无奇，实为后两句铺垫。清晨看到满河破碎的冰片，心下恍然，原来昨晚睡梦中的敲打金玉声，是船行时的破冰声啊。以金玉声比喻破冰声，并不太新奇，但以梦中之声来拟眼前之景，就显得有趣，还有一点自我调侃的味道。南方河面，冬日冰薄易破，加上运河水流较快，冰片就在河面相撞发出轻响声，这诗也写出了江南冬日的特点。

朱 熹

朱熹（1130—1200），字元晦，一字仲晦，号晦庵，别称紫阳，谥"文"，后人称为"朱文公"。徽州婺源（今属江西）人，生于南剑州尤溪（今属福建）。绍兴十八年（1148）登进士第，官至焕章阁待制兼侍讲。朱熹是南宋著名理学家，其思想被称为"朱学"，与二程学说合称"程朱理学"，对后世产生了广泛而深远的影响。著有《晦庵先生文集》。崇德人辅广是朱熹弟子，他在崇德修筑传贻堂，传播朱子学说。秀州知州方滋的三子方谊亦为朱熹门下弟子。朱熹的曾孙朱浣、朱濂迁居至海宁，并在此扎根繁衍，海宁今存朱文公祠。

景范庐 [1]

非弃清明乐隐居，特因景范面鸳湖。[2]

观澜兴罢春风软，濯足歌残夜月孤。[3]

照貌不须临玉镜，洗心常得近冰壶。[4]

几回鱼跃鸢飞际，识破中庸率性图。[5]

（嘉庆《嘉兴府志》卷一五）

注　释

[1]景范庐：位于范蠡湖，淳熙五年（1178）登科的状元姚颖在这里筑圃读书，因仰慕范蠡功成身退的高节，遂名其屋舍为"景范庐"。范蠡湖位于嘉兴城南，在宋时即已著名。相传范蠡助越王勾践灭吴后，偕西施来此隐居，并由此发棹五湖。后人将此湖叫做范蠡湖，又在湖边建起西施妆台、金明寺等。宋张尧同《嘉禾百咏·范蠡湖》有"一奁秋镜好，犹可照西施"之句。　　[2]清明：天下太平，政治有法度。鸳湖：鸳鸯湖，大致相当于现在的西南湖，在嘉兴城南。古时与范蠡湖相通。或云范蠡湖原为鸳鸯湖在城内之部分，故称"里湖"，讹为范蠡湖。　　[3]观澜：语出《孟子·尽心上》："观水有术，必观其澜。"意为要追本溯源，抓住根本，表现"君子志道"的思想。濯足：语出《孟子·离娄上》："沧浪之水清兮，可以濯我缨；沧浪之水浊兮，可以濯我足。"后以"濯足"比喻清除污浊，保持高洁。　　[4]冰壶：南朝鲍照《代白头吟》："直如朱丝绳，清如玉壶冰。"后以"冰壶"比喻高洁的品格。　　[5]鱼跃鸢飞：《诗经·大雅·旱麓》有"鸢飞戾天，鱼跃于渊"句。宋代理学家常用此词表现一种活泼灵动的生机。率性：《中庸》："天命之谓性，率性之谓道，修道之谓教。"率，循也，循性行至是谓道。"识破"句：意思是按照天性去办事情，就是中庸之道。

赏　析

　　这首诗是朱熹题给景范庐的主人姚颖的。朱熹的诗擅于说理，这首诗其实也是在说理，说姚颖隐居此处是景仰范蠡之为人，由此借范蠡的功成身退、不慕荣利来折射出自己的人生理想，那就是遵循世道的规律，遵循人类的天性去行事，自是问心无愧，即所谓"中庸率性"。朱熹无论作诗还是论诗，都强调"平淡"，这首诗也是通俗易懂、清晰明了。但朱熹的平淡，是精炼圆熟之后的平淡质朴，平淡之下还是有技巧和辞采的，如"观澜兴罢春风软，濯足歌残夜月孤"，"软""残"两字足见炼字的功夫。这种质朴中有尖新的手法，其实比通篇锦绣更为老到、更有韵味。似有所指，却不点破，这才是说理诗的高明境界。

游九言

游九言（1142—1206），初名九思，字诚之，号默斋，建阳（今属福建南平）人。举江西漕司进士第。曾任古田尉、光化知县、入监文思院、江东抚干、荆鄂宣武参谋官等职。有《默斋遗稿》二卷。

秀州道中二首（其一）

一春烟雨歇空蒙，高下川原杳霭中。[1]

毕竟春光遮不得，满村花柳自青红。

（《默斋遗稿》卷下）

注 释

[1]空蒙：细雨迷茫的样子。杳霭：模糊、朦胧貌。

赏 析

这首诗写的是春日雨后的嘉兴。春天是江南最美的时节，细雨初歇，薄薄的烟霭尚未散去，一眼望去，屋宇、草木朦朦胧胧，有如仙境。王维名句"青霭入看无""山色有无中"，可谓是"空蒙""杳霭"的最好注脚。然而，虽然眼前景色若有若无，诗人还是感受到了春光春色，那遍村的花与柳，红是红，青是青，热热闹闹，生机勃勃，春光终究不是细雨所能遮掩的啊。一个"自"字，强调的是"满园春色关不住"，也流露出了诗人的惊喜与热情。这首诗，前两句是铺垫，以"毕竟"两字作一转折，先抑后扬，颇见巧思，造句也是清新优美，有晚唐风味。

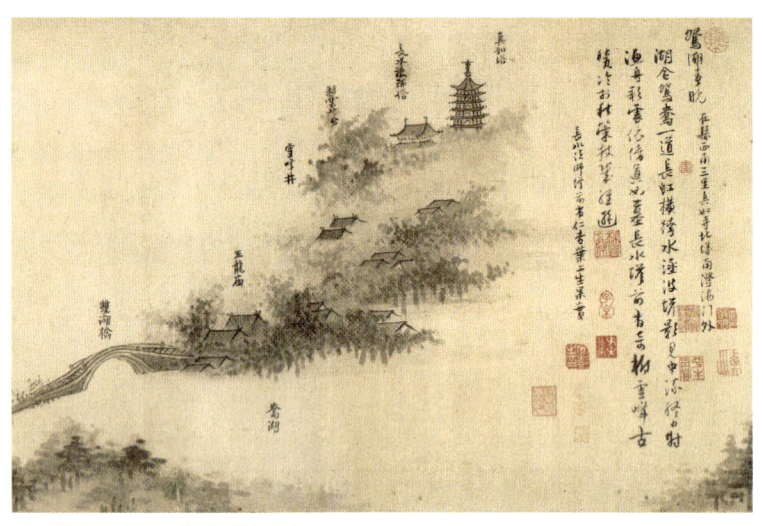

元　吴镇　嘉禾八景图·鸳湖春晓

黄 榦

黄榦（1152—1221），字直卿，也称勉斋先生，长乐（今属福建福州）人。朱熹的学生兼女婿，得朱熹的学术传承。曾在崇德县的石门酒库任监酒税三年，除酒务外，还关心灾荒等事，亦留下许多诗文。后人为纪念他，创设了勉斋书院。黄榦诗多有反映宋代石门一带的社会现实。

石 门 [1]

吴越天下富，京畿游侠乡。[2]

陇亩尽膏腴，第宅皆侯王。[3]

世言苏湖熟，沾丐及四方。[4]

自我来石门，触目何凄凉。

清晨开务门，有酒谁复尝。[5]

累累挈妻子，汲汲求糟糠。[6]

父老称近年，十载常九荒。

聚落成丘墟，少壮争逃亡。[7]

（《勉斋集》卷一）

注　释

[1] 石门：今桐乡市石门镇，京杭大运河流至此转弯向南，故又称"石门湾里"、玉湾镇。传说是春秋时吴、越两国的交界之处，今尚有据称是吴越边界的"垒石弄"。又，清代时石门县指崇德县。　　[2] 京畿：国都京城及其附近的地区。南宋时建都临安(今杭州)，桐乡邻近杭州，故称。游侠：游荡豪侠之士。　　[3] 陇亩：田亩。膏腴：肥沃之地。第宅：即宅第，指高官居住之处。　　[4] "世言"二句：嘉兴地处浙北、苏南平原，为水稻产区，自古就有"苏湖熟，天下足"的民谚。沾丐，使受益。　　[5] 务门：酒务的门。酒务指卖酒的店。　　[6] 累累：接连不断，形容多。挈：带着，领着。汲汲：急迫的样子。糟糠：酒糟之类，常用作喂猪饲料，人因饥饿所迫而用以充饥。　　[7] 聚落：村庄。丘墟：荒凉的废墟。

赏　析

　　这首五言古诗是黄榦任石门监酒税（负责征收酒税）时所作，反映的是南宋时嘉兴石门运河边的灾荒。京杭大运河流经石门，这里很早就成为繁荣的市镇；嘉兴平原又是水稻产区，被誉为鱼米之乡；然而这里也是封建王朝收取赋粮的重地，百姓忍受着沉重负担，丰年尚能勉强温饱度日，而荒年则难以为生。诗前六句写石门一地原是靠近都城的富庶之地，这里的土地肥沃，有着许多高门大宅。所以人家说，苏、湖一带年成好，各地都可沾光。石门处于吴越腹地，自然也是富裕之地，但诗人来此正好碰到灾荒之年，所见一片凄凉。诗的后半部分即写灾荒景象。清晨酒店开门,无人光顾。到处都是拖儿带女逃荒之人,寻找一切可以充饥的糟糠野菜。又通过父老之口说出近年来十年中有九年遭灾,年轻人都四处逃荒,村庄也成了荒凉的废墟。全诗质朴平易如白话,于客观叙事中表达出作者对百姓的同情。

陆 埈

陆埈(1155—1216),字子高,号益斋,高邮(今属江苏)籍,南宋初迁居崇德(今浙江桐乡西南)。宋光宗绍熙元年(1190)进士,官两浙转运司干办公事、秘书省校书郎、濠州知州等。有《益斋集》。

我邑之东有丑梨貌虽恶风味绝胜闻尝进御因赋五言[1]

灰貌凝清古,霜津益淡甜。[2]

面嫌汤后白,心慰邑中黔。[3]

美实种寒谷,珍尝近御奁。[4]

彼姝徒冠玉,争得似无盐。[5]

(《至元嘉禾志》卷三二)

注 释

[1]恶:丑陋,指梨子的样子难看。进御:进贡朝廷。　[2]霜津:雪白的汁水。　[3]"面嫌"句:用何晏典故突显梨肉之雪白。《世说新语》:"何平叔美姿仪,面至白。魏明帝疑其傅粉。正夏月,与热汤饼。

既啖,大汗出,以朱衣自拭,色转皎然。"黔:百姓。本指黑色,秦朝时百姓头上裹着黑色头巾,遂称百姓为"黔首"。　　[4]寒谷:贫寒的河谷之地。御奁:宫中装果子的匣子。　　[5]姝:美女。此指其他样子好看的梨子。徒:空有。冠玉:装饰帽子的美玉,比喻貌美。争得:怎比得。无盐:传说中齐国的丑女,名钟离春,有美德和治国才干,齐宣王立为后,助齐国大治。比拟貌丑而内美的丑梨。

赏　析

　　这首五律介绍宋代时产于嘉兴城东一带的"丑梨",这种梨样子丑陋却味道甜美,作为贡品呈献皇宫。首联总写丑梨貌虽丑,却汁水多而又甜美。颔联写丑梨果肉雪白,为邑中百姓能享此果而感到欣慰。律诗要求中间两联对偶,对偶要求相对的词词性相同,"黔"本指颜色,但"黔首"又指代百姓,故这两句以"黔"对"白",十分巧妙。颈联用其生长之"寒谷"及进呈之"御奁"对比,一贫寒,一高贵,突出丑梨的不平常。尾联以貌相好看的梨作对比,进一步赞扬丑梨的价值。此诗运用正反对比、错综借对、拟人、用典等多种手法刻画、赞美丑梨。嘉兴一带自古产梨,古今诗人多有写到。

戴复古

戴复古(1167—?),字式之,号石屏,黄岩(今属浙江台州)人。南宋著名江湖派诗人。终身未仕,自庆元年间即四处浪游,行踪遍及东吴、浙西、襄汉、北淮、南越,自谓"落魄江湖四十年"。曾"登三山陆放翁之门,而诗益进"。有《石屏诗集》《石屏词》传世。

初夏游张园[1]

乳鸭池塘水浅深,熟梅天气半晴阴。

东园载酒西园醉,摘尽枇杷一树金。[2]

(《石屏集》卷七)

注　释

[1] 张园:宋代桐乡市石门镇的园林,有东、西两张园。为南宋江南名园,《至元嘉禾志》有记,并载当时桐乡本地诗人莫若冲的《题石门张氏园》一诗。元代著名诗人张伯淳(张子修曾孙)曾为园主,至明中期废弃。2002 年在桐乡市石门镇民联村的石门中学发现张园遗址,是为数不多的南宋园林考古发现之一,后被列为浙江省文物保护单位。　[2] "东园"句:南宋开封人张子修在石门任监酒官,始建

张园，后石门乡绅张汝昌在张子修园之西亦建园林。两园毗邻，故称张子修园为"东园"，张汝昌园为"西园"。两张常共觞咏，陶然自适，成为造园佳话之一。

赏　析

　　此诗因意境优美、文句通俗而被选入南宋时的儿童启蒙读物《千家诗》，流传很广。诗中描写初夏东、西两张园的优美景色和两位园主闲适的情趣。池塘水碧，鸭子戏水，梅子黄熟，天气时雨时晴，金黄枇杷挂满枝头。东、西二园相连，在园中载酒吟咏，真让人流连忘返啊。诗写得文笔俊爽，清健轻捷。"东园载酒西园醉，摘尽枇杷一树金"是脍炙人口的名句，苏州名园耦园的对联"东园载酒西园醉，南陌寻花北陌归"即源于此。

朱南杰

朱南杰,生卒年不详,丹徒(今属江苏)人。宋理宗嘉熙二年(1238)进士。淳祐中任嘉兴海盐县澉浦监酒、市舶司官员。后任溧水、清流知县。为宋江湖派诗人之一。有诗集《学吟》一卷。

晓发嘉兴府

晓发嘉兴府,人家门未开。

闸关船侧过,水涨堰平推。[1]

浓绿暗官柳,肥红绽野梅。[2]

城中箫鼓发,知是使君回。[3]

(《学吟》)

注 释

[1]堰:拦河坝。为了保持上游水位而建,水多时可溢出。 [2]官柳:岸堤上的柳树。 [3]使君:对太守(知府)的尊称。

赏 析

朱南杰在海盐为官,经常从海盐出发去家乡丹徒或京城临安

（今杭州），每次都要经海盐塘至嘉兴再入运河，他有多首关于运河的诗词。这首诗写他沿途所见。乘船过堰时，因为是春天汛期，河水差不多要与堰坝齐平了，所以运河上的闸门关闭，船只能紧贴闸门，侧船而过。运河两岸，春光明媚，生机盎然。杨柳新叶已经浓绿，野地里的红梅正怒放，十分显眼。尾联系设想之词——城中传来一片箫鼓音乐声，大概是太守回府，人们正在奏乐欢迎他吧。这首诗从侧面反映出当时嘉兴一带的安定、祥和。

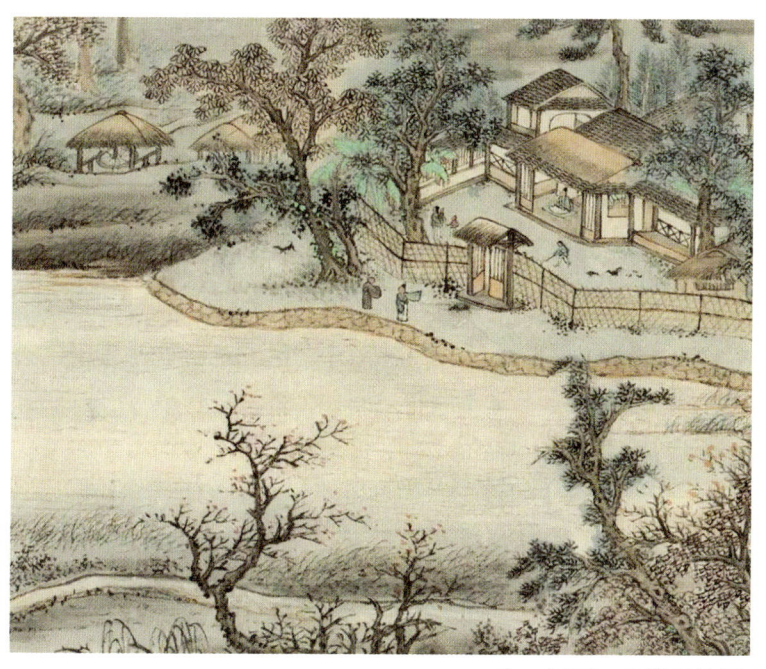

清　李含渼　水村图（局部）

叶绍翁

叶绍翁（1194—？），字嗣宗，号靖逸，浦城（今属福建）人，定居龙泉（今属浙江丽水）。早年曾参加进士试，任朝廷小官，后弃官隐居。他长期隐居钱塘西湖之滨，与真德秀交往甚密，与葛天民互相酬唱。著有《四朝闻见录》《靖逸小集》等。叶绍翁《舟过崇德》诗有"风景旧曾谙"之句，可知他应当多次到过嘉兴、崇德。

嘉兴界

平野无山见尽天，九分芦苇一分烟。

悠悠绿水分枝港，撑出南邻放鸭船。[1]

（《靖逸小集》）

注 释

[1]枝港：即支流。

赏 析

这是诗人途经嘉兴时即兴所作的一首小诗。首句白描，极目远眺，嘉兴一马平川，天地相接，一个"尽"字描绘了广阔的场景。收回视线，芦苇丛中飘出一缕轻烟，九分与一分，对比明显，强调的却是这"一分"。这两句看似平淡，实是蓄势。芦苇丛中，由远及近，悠悠地撑出一条放鸭船，整个画面一下就动起来了，似乎可以看见亮丽明朗的色彩，可以听见喧腾热闹的声音，而诗人悠闲轻松的心情也随之显现出来了。一幅精致的江南水乡小景，简单而美好。这首诗写得清新可喜，充满了浓浓的生活气息。

吴 潜

吴潜（1195—1262），字毅夫，号履斋，宣州宁国（今安徽宁国西南）人。宋宁宗嘉定十年（1217）状元，累官至左丞相，封庆国公。吴潜是南宋中后期的豪放词人，词风激昂凄劲，题材广泛。有《履斋诗余》。吴潜于宋理宗绍定二年（1229）任嘉兴府通判，权发遣府事。在嘉兴颇有政绩。

水调歌头 烟雨楼

有客抱幽独，高立万人头。东湖千顷烟雨，占断几春秋。[1]自有茂林修竹，不用买花沽酒，此乐若为酬。[2]秋到天空阔，浩气与云浮。　叹吾曹，缘五斗，尚迟留。[3]练江亭下，长忆闲了钓鱼舟。[4]矧更飘摇身世，又更奔腾岁月，辛苦复何求。[5]咫尺桃源隔，它日拟重游。

（《至元嘉禾志》卷三一）

注 释

[1]东湖:南湖又称东湖,因其位于嘉兴城东南。　[2]若为酬:怎么与它相比?若为,怎堪。　[3]五斗:指微薄的官俸。典出《晋书·陶潜传》,后用"五斗米""五斗"代指官俸。　[4]练江:在吴潜故乡宣州的一条江,因"分派合流,直泻如练"而得名。又名练溪。　[5]矧:况且。

赏 析

　　吴潜在嘉兴为官时间不到半年,这首词大致应作于绍定二年(1229)。词人登上烟雨楼,俯瞰茫茫烟雨,挥就此词,千载之后,读来犹是豪气逼人。烟雨楼的诗词,大多状其幽远朦胧之美,而这首词却写出了登临斯楼的雄豪之气,可谓大异其趣。从位置而言,宋代时烟雨楼立于南湖之畔,并不如现在这样位于湖中,故面湖而南,登楼眺望,开阔的湖面正当其冲,自然而然给人以豪迈开阔的感觉。吴潜"为人豪迈,不肯附权要,然则固刚肠者",他的词风,也是"激昂凄劲,兼而有之",他胸中一股郁勃纵横之气,借着登楼远眺直冲而出,就有了"高立万人头"的宏阔壮大。所谓"景为情设",便是如此。

张尧同

张尧同,生卒年不详,嘉兴(今属浙江)人。《四库全书总目提要》称:"核其时代,盖(宋)宁宗以后人也。"著有五言绝句一百首,名为《嘉禾百咏》,是比较全面介绍宋代嘉兴地理山川、风土人情、名胜景点、人文历史的大型组诗。《嘉禾百咏》开创了"棹歌体",对嘉兴诗歌发展有着重要的意义。

胥 山[1]

马革浮尸去,君王太忍人。[2]

此山空庙貌,何以劝忠臣。[3]

(《嘉禾百咏》)

注 释

[1] 此诗为《嘉禾百咏》之一。胥山:一名张山,乡人称史山,坐落在城东三十里外的大桥乡胥山村。相传因伍子胥而得名。后因开山采石而毁坏,今已不存。 [2]"马革"句:指吴王将伍子胥的尸首裹在马皮里投之于江。《史记·伍子胥列传》:"吴王闻之大怒,乃取子胥尸盛以鸱夷革,浮之江中。"君王:指吴王夫差。 忍:狠心,残酷。 [3] 劝:勉励。

赏　析

　　这首诗写嘉兴附近的名胜胥山及伍子胥在嘉兴的传说。伍子胥的故事家喻户晓，他的身世遭遇令人同情，他忠心劝谏吴王反被冤杀的下场又令人愤慨。嘉兴地处吴越交界，伍子胥在帮助夫差打败越国后，在嘉兴一带练兵、修筑水利。嘉兴一带有许多地名，如胥塘（西塘）、胥口、胥浦及胥山等都与他有关。传说伍子胥冤屈而死后，尸体被装入皮囊，随水漂流至嘉兴胥山一带，百姓将他安葬，并在山上建庙祭祀。嘉兴百姓同情伍子胥，嘉兴的端午节习俗也是为了纪念伍子胥。诗的首两句即写伍子胥含冤屈而死，谴责夫差的残忍；后两句感叹当时胥山伍子胥祠庙的荒凉冷落，认为这无法达到激励忠臣的效果。

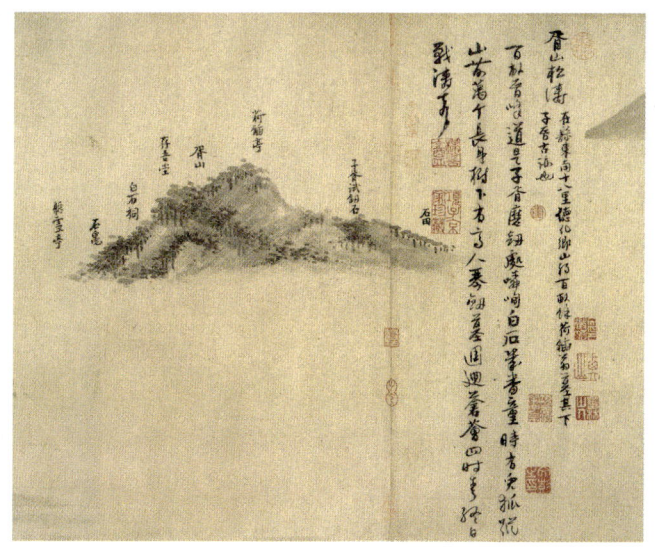

元　吴镇　嘉禾八景图·胥山松涛

宋伯仁

宋伯仁（1199—?），字器之，一字忘机，号雪岩，湖州（今属浙江）人。尝举博学宏词科，嘉熙中为盐运司属官。工诗，善画梅，为宋季江湖诗派中人。有《西塍集》《梅花喜神谱》《烟波渔隐词》等。

夜过乌镇[1]

望极模糊古树林，湾湾溪港似难寻。

荻芦花重霜初下，桑柘阴移月未沉。[2]

恨别情怀虽恋酒，送衣时节怕闻砧。[3]

夜行船上山歌意，说尽还家一片心。

（《雪岩吟草补遗》）

注　释

[1] 乌镇：位于嘉兴桐乡。乌镇原以市河为界，分为乌、青二镇，河西为乌镇，属湖州府乌程县；河东为青镇，属嘉兴府桐乡县。1950年5月，乌、青两镇合并，称乌镇，属桐乡县，隶嘉兴。　　[2] 桑柘：桑树和柘树，为江南农村常见的树木。　　[3] 砧：捣衣石，此处指捣衣声。

赏 析

  乌镇之名出现在诗题中,这应该是较早的一首。诗人在夜间坐船途经乌镇,冬日夜间,一片寂静,望出去是一片模模糊糊的树木,小港小汊要到近处才看得分明,桑柘的影子在月下似大片的阴影随着行船缓缓移动。诗人在这里营造了一种冷清孤寂的意境。宋伯仁长年奔波在外,可能还有过一段从军生涯,羁旅漂泊,虽可以酒浇愁,但在听见寒夜捣衣声时,还是心潮起伏,不能自已。这时,远处传来一声声若有若无的山歌声,更是勾起了他的思乡之情。这首诗,语言直白平易,感情却深沉蕴藉,构建起一种诗的张力,正如古人所说,"语淡情深,情韵皆胜"。

方　回

方回（1227—1307），字万里，号虚谷，别号紫阳山人，歙县（今属安徽）人。宋理宗景定三年（1262）进士。宋亡降元，为建德路总管，寻罢归。著有《桐江集》《续古今考》，编有《瀛奎律髓》，在诗学批评上有较大影响力。宋末元初时他曾往来于杭州、嘉兴、歙县之间，有多首写嘉兴的诗歌。

听航船歌十首（其八）[1]

南姚村打北姚村，鬼哭谁怜枉死魂。[2]
争似梢工留口吃，秀州城外鸭馄饨。[3]

（《桐江续集》卷一七）

注　释

[1]航船歌：摇船人所唱的歌，属于竹枝词一类。方回此诗是模仿航船歌的风格。　[2]"鬼哭"句：作者原注："秀（州）之南门至海盐县，古塘八十里，人人带刀仇劫。十二年间，私杀官诛，骸骨如丘。"　[3]争似：怎似。留口吃：还能留张嘴吃东西，指活着。鸭馄饨：即未孵化出的鸭蛋或鸡蛋，俗称"喜蛋"，嘉兴人称之为"鸭馄饨"。《南村随笔》："鸭馄饨，其名莫考所自，乃哺坊中烘卵出鸭，

有半已成形，不能脱壳，混沌而死者。在他处为弃物，而秀州独以为方物。"

赏　析

　　这首诗反映的是宋末大运河上劳作的船工的生活。诗以船工的口吻道出，前两句说岸上农民为生计而互相争斗仇杀，到处有枉死的冤鬼。然后对照自己，水上生活虽苦，但总归还有一条命，可以吃吃秀州城外的美味鸭馄饨。这是船工的自我安慰，有种"比上不足，比下有余"的庆幸。但以"还有条命"为幸运，正反衬出船工生活之艰辛，能活下来就很满足了。全诗纯用口语，既有航船歌的风味，也符合船工的身份。

唐天麟

唐天麟（1227—?），字景仁，嘉兴（今属浙江）人。朱彝尊《曝书亭集》卷四四有《至元嘉禾志跋》，称其"宝祐四年（1256）文天祥榜第四甲进士。自称纳轩叟，居嘉禾轩"。曾任嘉兴学正，宋度宗咸淳元年（1265）为江阴军司理参军，后任仁和县（今属杭州）知县。唐天麟曾参与现存嘉兴第一部方志《至元嘉禾志》的编纂事宜，并于至元二十五年（1288）为《至元嘉禾志》作序。

烟雨楼

百尺楼高足赏心，我来犹记旧登临。[1]

四时天色有晴雨，一片湖光无古今。

远塔连云知寺隐，小舟穿柳觉村深。[2]

凭阑多少斜阳景，分付渔歌替晚吟。

（《至元嘉禾志》卷三一）

注　释

[1]赏心：娱悦心志。　　[2]"远塔"句：远塔当指南湖边的真如塔。真如塔位于真如寺中，故云"知寺隐"。

赏　析

诗人于傍晚时分登上烟雨楼，凭栏远眺，感而赋诗。首联云"旧登临"而"犹记"，是说曾多次登楼，但从不觉得厌倦，每次都有新感觉，呼应"赏心"。颔联和颈联是吟诵南湖的名句。南湖历史悠久，底蕴深厚，从来就是东南名胜，这是"同"；南湖春夏秋冬大异其趣，晴天雨日别具一格，这是"异"。放眼望去，遥见塔影，低头注目，小船正缓缓穿入湖堤柳岸，前一句是"远"，后一句是"近"。这两联写得概括干净，也写出诗人对南湖的熟稔与感情。此情此景，诗人不由诗兴大发，然而，湖上悠扬的渔歌岂不比自己作诗更有诗意？这一句，可谓"此时无声胜有声"。

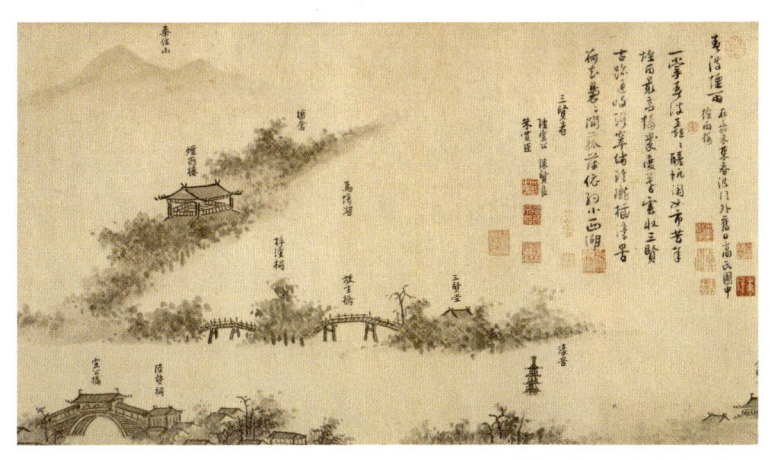

元　吴镇　嘉禾八景图·春波烟雨

林景熙

林景熙（1242—1310），字德阳，一作德旸，号霁山，温州平阳（今属浙江）人。南宋末年爱国诗人。宋亡后不仕，隐居于平阳县城白石巷。著有《霁山集》。元大德元年（1297），林景熙开始他称为"汗漫游"的吴越之行，从天台、新昌、杭州到嘉兴，再往苏州、镇江、无锡等地。他在嘉兴拜谒了陆宣公祠、二陆故居、顾野王读书堆、秦始皇驰道、吴王猎场遗址等，作诗多首。

谒陆宣公祠 [1]

唐陆贽，字德舆，祠在嘉兴。

冰玉为骨秋为神，堂堂内相真天人。[2]
谏草数百垂清芬，仁义一洗功利尘。[3]
刳肝沥血空排云，白日不鉴吾忠勤。[4]
奉天诏下哀痛新，将士感泣天亦闻。[5]
皇威雷动清九垠，一纸可敌百万军。
草茅学古期致君，以额扣阁九虎嗔。[6]
玉堂云雾当华津，耿耿何不批龙鳞。[7]

一樽酹古栖夕曛，鸳湖之水春复春。[8]

（《霁山先生文集》卷二）

注　释

[1]这首诗作于诗人漫游吴越的大德二年（1298）。陆宣公祠：据光绪《嘉兴府志》，陆贽（唐代贤相，嘉兴人，谥"宣"）祠堂建于南宋初，在府治（子城）西南，即原嘉兴县学旧址。　[2]内相：陆贽虽未任宰相之职，但在唐德宗前出谋划策，平息叛乱，时人称其为"内相"，即事实上承担着宰相的职责。　[3]谏草：奏疏。现存陆贽《陆宣公翰苑集》二十四卷，其中制诰十卷、奏章七卷、奏议七卷。"仁义"句：化用《孟子·梁惠王上》"王何必曰利，亦有仁义而已矣"句。　[4]刳肝沥血：呕心沥血，用尽心血。刳，剖开、挖空。　[5]"奉天"二句：唐德宗建中四年（783）十月，因泾原兵变，占领长安，唐德宗出奔奉天（今陕西乾县），陆贽随行，并代德宗写下《奉天改元大赦制》，诏颁之日"士卒无不感泣"，参与叛乱的将领纷纷上表请罪，主动归附朝廷。　[6]草茅：杂草，这里指陆贽。《仪礼·士相见礼》："在野曰草茅之臣。"以额扣阍（hūn）：用额头叩击宫门，指向皇帝上书陈情或虔诚求见。阍，指皇帝所居的宫门。九虎：谓横行的权臣。《楚辞·招魂》："虎豹九关，啄害下人些。"这两句是指因唐德宗听信奸臣谗言，陆贽被贬为忠州别驾，忧愤而死。　[7]批龙鳞：比喻批评皇帝。　[8]夕曛：落日余晖。鸳湖：即鸳湖，嘉兴的鸳鸯湖。

裴相经营日
宣公搆造初
当时名鹤渚
岛上冢萧疎
桃园

裴公岛宣公
旧宅放鹤之
所又名鹤渚
後為裴休别
業曰裴島

清　沈毅　裴公島圖

赏　析

　　这首七言古体诗是林景熙在嘉兴拜谒陆宣公祠时所作。全诗概述了陆贽一生的主要事迹，高度赞扬其不顾个人利益和生命安危、呕心沥血、忠君报国的壮举。对亡国的悲哀、对复国的期待、对忠臣的仰慕、对奸佞的愤慨，种种感情交织在一起，极为浑厚、深沉，动人心魄。林景熙论诗有"辞语浑雄，而发之以华藻；气骨苍劲，而节之以声律"之句，正可置于此诗，确有几分杜甫"诗史"的风范。

吴 镇

吴镇（1280—1354），字仲圭，号梅花道人、梅沙弥，嘉兴思贤乡（今属浙江嘉善）人。元代著名画家，与王蒙、黄公望、倪瓒并称为"元四家"。吴镇工词翰、草书，擅画水墨山水、墨竹，每作画往往题诗文于其上，诗、书、画相得益彰，时人号为"三绝"。

酒泉子 龙潭暮云[1]

在县西通越门外三里，三塔寺前，龙王祠下。水急而深，遇岁旱则祈于此，时有风涛可畏。

三塔龙潭，古龙祠下千年迹。几番残毁喜犹存，静胜独归僧。　　阴森一径松杉直，楼阁层层曜金碧。祈丰祷旱最通灵，祠下暮云生。

（《梅花道人遗墨》）

元　吴镇　嘉禾八景图·龙潭暮云

注　释

[1] 此词为吴镇在其名作《嘉禾八景图》上所题的八首词之一。所谓"嘉禾八景"，分别是空翠风烟、龙潭暮云、鸳湖春晓、春波烟雨、月波秋霁、三闸奔湍、胥山松涛、武水幽澜。《嘉禾八景图》把当时的嘉兴名胜古迹尽收一幅，也是宋元嘉兴风光现存的唯一写照，布局简略，气韵古朴。吴镇在每一景上都题一首《酒泉子》词。龙潭：即白龙潭。在嘉兴景德寺前，三塔之下。

赏 析

　　这首词讲述白龙潭及三塔的故事。据《至元嘉禾志》载，白龙潭在县西南五里。其后有考证云："景德禅寺前，以白龙穴于此，故行舟飘溺。居人作塔，埋舍利以镇之，后遂无害。"又云："宋淳熙改元，秋大旱，知县李时习知龙潭在此……以长绳系虎头骨投有龙处耳。既得雨……旋即晴霁。"词中的"祈丰祷旱"即指此。三塔为嘉兴名胜，《至元嘉禾志》载："凡遇风涛危难，或遇天晴，有白光三道，其僧行云积土填潭（白龙潭），造塔三座于光起之处，时人称为三塔湾。"三塔为唐光化年间所建，后存之塔为清光绪三年（1877）重修，据说三塔并立，全国仅嘉兴一处。现三塔为近年重修。

王 冕

王冕(1287—1359),字元章,号煮石山农、梅花屋主等,诸暨(今属浙江)人。屡次应举不中,遂绝意仕途,隐居于家乡九里山。王冕工诗善画,尤以墨梅知名,晚年遂卖画为生。有《竹斋诗集》。

过武塘[1]

杉青闸转云间路,河水分流过武塘。[2]

客路惯禁风雨恶,诗情不减少年狂。

鱼盐市井三吴俗,番岛舟航十丈樯。[3]

杨柳连堤鹅鸭聚,家家茅屋似淮乡。

(《竹斋诗集》卷四)

注 释

[1]武塘:即今嘉善县魏塘镇。相传宋时有大姓魏、武居此,聚商成市,故名。　[2]杉青闸:又名青山闸,是运河由江苏入浙江的第一道闸,位于嘉兴城北运河段。云间:上海市松江区的古称。　[3]三吴:《水经注》以吴郡、吴兴、会稽为三吴,《通典》以吴郡、吴兴、丹阳

为三吴，泛指今苏南浙北一带。番岛：此指日本或南洋诸国。

赏　析

　　这首诗首联写航路所经，颔联写内心所感，后四句写武塘所见，间架工稳、清晰。其写景特色鲜明、画面感强，写出了市井烟火气，犹如一幅生动的风俗画。元代因政策宽松，江南的渔业发展十分繁荣，马可·波罗在杭州时曾见到，每日都有大批的鱼，从离城二十四公里的海边经过河道运到城中。而嘉兴地处沿海，有澉浦、乍浦等港口，对外贸易极为发达，这里的"番岛舟航十丈樯"，正是嘉兴海外贸易繁荣的反映。此诗对于了解元初嘉兴一带的经济生活，可起到以诗证史的作用。

元　吴镇　嘉禾八景图·武水幽澜

杨维桢

　　杨维桢（1296—1370），字廉夫，号铁崖、东维子，诸暨人。元泰定四年（1327）进士。因兵乱避居富春山，迁杭州。明洪武三年（1370），召至京师，旋乞归，抵家即卒。维桢诗名擅一时，号铁崖体。善吹铁笛，自称铁笛道人。擅诗文、书法。有《东维子集》《铁崖先生古乐府》等。元至正十年（1350），嘉兴濮院举办"聚桂文会"，推杨维桢等主持评裁，从以文赴会的五百余人中取三十人，并为文集作序。

游汾湖得武字 [1]

荡舟武陵溪，朝出伍子浦。[2]

还过西陆家，仙童启岩户。[3]

棠树大十围，桃花灿欲语。[4]

遗我古铁枝，色比修月斧。[5]

为作古江调，江鸟凌乱舞。[6]

携之谒龙君，湖水吹暮雨。

晚饮花石冈，亭台已无主。[7]

瀛桥步月归，竹枝和铜鼓。[8]

道人早归来，脱冠挂神武。[9]

（《吴都文粹续集》卷二四）

注　释

[1] 汾湖：位于江苏、浙江两省交界处，北部属苏州市吴江区黎里镇，南部属浙江嘉善陶庄镇。因其"一属嘉禾，一属姑苏"，故又称分湖。赵孟頫曾在此作《水村图》。　[2] 武陵溪：汾湖边北芦墟市河。北芦墟因顾野王之子居此而名北顾里，顾氏郡望为武陵，遂称此河为武陵溪。伍子浦：在汾湖东南石底荡口，相传是春秋时伍子胥逃出楚国前往吴国的渡口，又称伍子滩。"胥滩古渡"为汾湖八景之一。　[3] 西陆家：在汾湖西北的来秀里。相传唐代文学家陆龟蒙（号甫里先生）曾寓居于汾湖北岸，后人称之为甫里，南宋名臣陆秀夫曾来此寻祖，故称为来秀里，又有来秀桥。杨维桢《游汾湖记》："遂解舟维来秀桥。……主人为陆君继善。出肃客，憩乐潜丈室，设茗饮谈。"　[4] 棠树：棠梨树，古时象征德政。《游汾湖记》："复引客至嘉树亭，观先君手植百岁棠。"即指此树。　[5] 古铁枝：指铁笛。《游汾湖记》："饮堂上，出铁笛一枝，云江南后唐物也。"古铁枝当指此。修月斧：修月之斧。传说月由七宝合成，常有八万二千户修之，事见唐段成式《酉阳杂俎·天咫》。后比喻尽文章能事。　[6] 古江调：这里指笛声和琴声。《游汾湖记》："予为作《清江引》一弄，声劲亮甚。笛阕，陆君恒挈余三弦琴，顾君逊亦自起弹十四弦。"　[7] "晚饮"二句：指杨维桢等游吉祥寺及鲍氏池亭。《游汾湖记》："（鲍氏

池)亭有枯松数十章,奇石数十株。亭已废,环翠池及石屋洞尚无恙。" [8]瀫桥:即登瀫桥,在汾湖边,宋政和中建。 [9]"脱冠"句:用陶弘景脱朝服挂在神武门上之典,事见《南史》本传。指辞官归隐。

赏　析

元至正十年(1350)春,杨维桢应隐居武陵溪的诗人顾逊之邀,与朋友畅游汾湖,游后,用顾逊"武陵溪上花如锦"句分韵赋诗,杨维桢拈得"武"字,遂作此诗,同时还作《游汾湖记》。诗文对读,对诗的理解会更全面。这首诗其实写的就是一天的游程,从早上乘船出游,到兴尽晚归,可谓"流水账"。诗人拈出了最具雅趣的部分:品茶、听曲、饮酒、月下漫步,以富有诗意的语言表现出来,充满了想象力,如以"灿欲语"来比桃花,以"江鸟凌乱舞""湖水吹暮雨"来比笛声和琴声,再加上以各个景点丰富的人文内涵"加持",读来自是诗意盎然。

元　赵孟頫　水村图(局部)

萨都剌

萨都剌（约1307—1359后），字天锡，号直斋，元西域人，答失蛮氏，世居雁门（今山西代县）。元泰定四年（1327）进士，官至江南行台侍御史。著有《雁门集》。

过嘉兴

三山云海几千里，十幅蒲帆挂烟水。[1]

吴中过客莫思家，江南画船如屋里。[2]

芦芽短短穿碧沙，船头鲤鱼吹浪花。

吴姬荡桨入城去，细雨小寒生绿纱。

我歌水调无人续，江上月凉吹紫竹。

春风一曲鹧鸪词，花落莺啼满城绿。[3]

（《雁门集》卷九）

注　释

[1] 三山：福建省会福州的别称，福州有九仙山（于山）、闽山（乌山）、越王山（屏山）三山。　　[2] 画船：装饰华美的游船。江南的画舫

较为宽敞，既可以在水面上荡漾游玩，又可以在里面宴饮休闲、吟诗作画，故云"如屋里"。　　[3]鹧鸪词：唐教坊曲名，属南方小曲。

赏　析

　　这是萨都剌在元顺帝至元二年（1336）自大都至福建任职，经过嘉兴时所作的一首诗。前四句交代自己从京城出发，取道运河远赴福建的行程及情景。大运河的开通，使南北交通更为便捷。江南运河上的"画船"舒适宽敞，让远离家乡的游子忘却了思乡之苦。中间四句刻画经过嘉兴运河时看到的优美景象，芦芽、碧沙、绿水、细雨、画船，都带有典型的"杏花春雨江南"的元素，而荡桨入城的吴越女子，更是南方水乡特有的旖旎风情。末尾四句抒情，表达沉浸在美景和江南乐曲中的喜悦。"满城绿"的"绿"字，写出了嘉兴城的明媚与生机，极为传神。

顾 瑛

　　顾瑛（1310—1369），一名阿瑛，又名德辉，字仲瑛，号金粟道人，昆山（今属江苏）人。元代文学家。至正年间，顾瑛在昆山构筑的玉山草堂成为最负盛名的文人名士活动中心。据明殷奎为顾瑛所作墓志，顾瑛为躲避张士诚，在嘉兴合溪建有别业，大致在至正二十三年至二十六年（1363—1366）居于嘉兴。合溪别业在今嘉兴王江泾镇北面十余里。顾瑛之友赵元有《合溪草堂图》。顾瑛有不少诗句写到嘉兴，如"秀州城外喜重来""爱汝重迁携李来""鸳鸯湖上住三年，每忆僧中有皎然"等。

夜宿三塔次陈元朗韵

水落南湖不露沙，又牵舫子到僧家。[1]

春浮大斗娟娟酒，寒隔虚棂薄薄纱。[2]

半夜檐铃传梵语，一林江月照梅花。[3]

坐来诗句生枯吻，指点银瓶索煮茶。[4]

（《携李诗系》卷五）

元　赵元　合溪草堂图

注　释

[1]舫子：小船。僧家：僧院。这里指三塔旁的茶禅寺。　[2]浮大斗：用大斗饮酒。斗，盛酒器。娟娟：即"涓涓"，细水缓流的样子。棂：旧式房屋的窗格。　[3]檐铃：挂在屋檐下的铃铛，风吹作响。又称"檐马"。梵语：古印度佛教用梵语写录经典，故常用"梵语"指代诵经声。　[4]枯吻：干燥的嘴唇。吻，嘴唇。

赏　析

　　诗人于初春的夜间，坐着小船，来到三塔边的茶禅寺歇息。这座寺院曾因苏轼在此煮茶而出名。他慢悠悠地品着春酒，寒意似乎透过窗纱侵入室内。这一句，写出了江南初春那种春寒料峭、乍暖还寒的感觉，令人想起苏轼的"料峭春风吹酒醒，微冷"。佛寺的夜间是清静的，但这静并不是万籁俱寂，时不时飘来一阵阵细细碎碎的檐铃声。这和唐诗名句"蝉噪林逾静，鸟鸣山更幽"一样，是典型的以动显静的手法，以檐铃声来衬托寺院的幽静，而月下梅花使这种幽静显得更为深沉。面对此情此景，诗人有了作诗的冲动，他要像东坡先生那样银瓶煮茶，以这样的"仪式感"来烘托此刻的心情。

浙江诗话

明清

宋　濂

宋濂（1310—1381），字景濂，号潜溪，金华浦江人。元末明初著名政治家、文学家、思想家。宋濂与高启、刘基并称为"明初诗文三大家"，又与章溢、刘基、叶琛并称为"浙东四先生"，明太祖朱元璋誉其为"开国文臣之首"。有《宋学士全集》。嘉兴旧志载，明初，宋濂与刘基曾同游梅泾之南（今桐乡濮院），谈论国事，后人在此建有双贤桥、读书台。清代重建的双贤桥至今尚存。

翔云高眺[1]

凌虚不用跨青牛，拄杖为龙任去留。[2]

极目山川知己在，乾坤冷落片云浮。

（《槜李诗系》卷三九）

注　释

[1] 此诗为宋濂《濮川八景诗》之一。濮川：濮院镇古称，始建于南宋，为运河畔经济重镇。《槜李诗系》卷三九称："宋景濂尝居此，取八景绘图赋诗。""濮川八景"即福善翠冷、翔云高眺、妆楼旭照、梅泾花舞、荷塘晚风、化坛枫冷、幽湖月满、西院缠霞。翔云：翔云观，原名玄

明观,由濮鉴舍宅创建于元朝至大年间,至正十年(1350)春,杨维桢来濮川,为聚桂文会主持评裁,游览玄明观,登临三清阁,为书"翔云胜境"四字。　[2]青牛:相传老子骑青牛过函谷关,写了下《道德经》五千言。拄杖为龙:《后汉书·方术列传》载,费长房遇老人给一竹杖,骑上须臾即到家,以杖投陂,化而为龙。

赏　析

　　这首诗写得气势宏大。前两句写高,登上翔云观三清阁,如凭虚临风,飘飘欲仙,即使是百里之遥,似乎也可以一步跨越。后两句写眺,极目远望,山川历历可见,天宇廓清,感觉自己犹如片云,飘浮空中。此诗的用典也极为高明,贴切、自然,读者即使不知出处也能约略知其大意,而且所用之典均与道教中的著名人物有关,用来形容道观,有一种飘然的世外之趣。

刘　基

　　刘基（1311—1375），字伯温，号犁眉公，青田南田（今属浙江文成）人。元顺帝元统元年（1333）进士，授高安县丞。辅佐朱元璋成就帝业，为明朝开国功勋之一，官至御史中丞兼太史令，封诚意伯。晚年被胡惟庸构陷，郁愤而终。刘基为元明间浙派文人领袖，与宋濂、高启并称为"明初诗文三大家"。著有《诚意伯文集》。刘基曾来过嘉兴，作有《长相思·嘉兴道中》《水西寺东楼晓起闻莺》《二月七日夜泊许村遇雨》《嘉兴寄王昌言学正》等。元至正十四年（1354），嘉兴重修宣公书院，刘基为作《嘉兴路重修陆宣公书院碑铭》，是流传颇广的名文。

晚泊海宁州舟中作 [1]

春雾今宵气稍清，空江一舸客心惊。

东流浊浪冲山动，西望长庚似月明。[2]

不有龚黄为郡县，徒令耒耜化戈兵。[3]

溥天何处非王土，无地安身愧此生。[4]

（《刘文成集》卷一六）

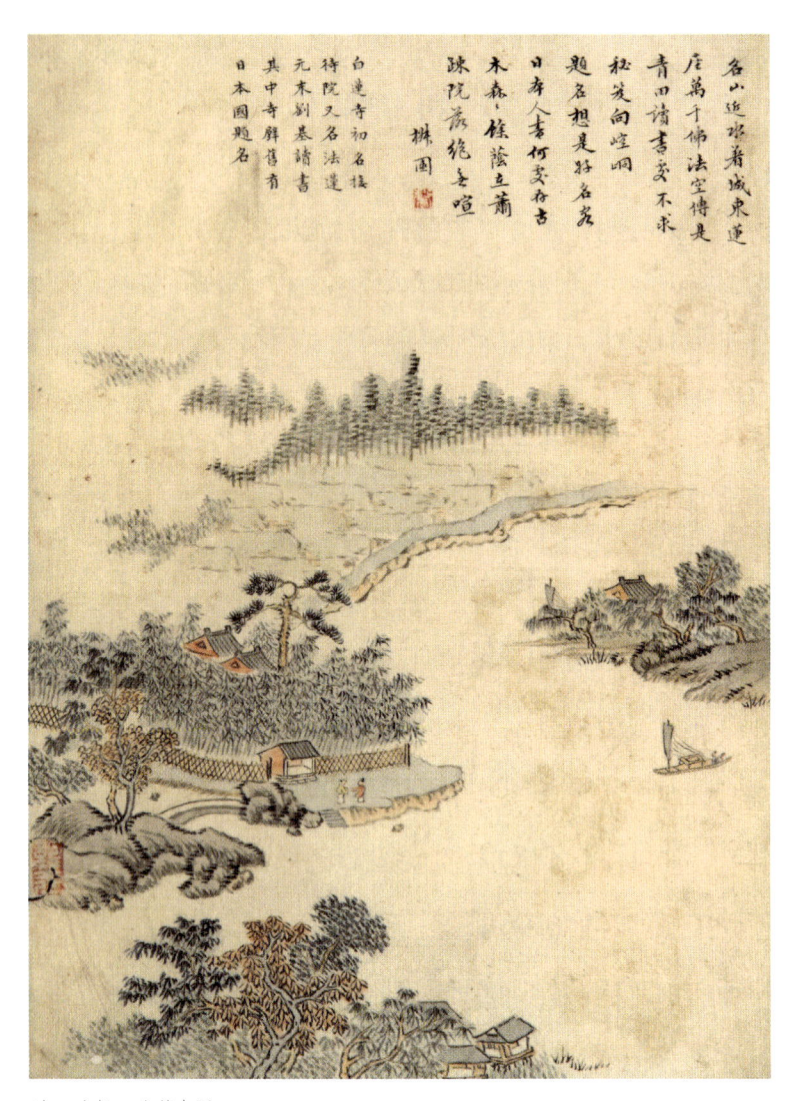

名山逐路着城東邊
庄萬千佛法室博是
青田諸書麦不求
秘发向喧啊
題名想是好名名
日本人言何麦有古
木森、篠陰立蕭
陳院废絶冬喧
　　　　　棋园

白蓮寺初名楞
待院又名法道
元末刱基諸書
其中寺群馬青
日本圆題名

清　沈毅　白莲寺图

注 释

[1]海宁州：即现嘉兴海宁。海宁原称盐官县，元元贞元年（1295），盐官县升为盐官州，元天历二年（1329），改盐官州为海宁州。明洪武二年（1369），降海宁州为县，属杭州府。　　[2]浊浪：指海潮。海宁地处钱塘江畔，有著名的海宁潮。长庚：太白金星。它有时在黎明前出现在东方，被称为"启明"；有时在黄昏后出现在西方，被称为"长庚"。《史记·天官书》："此星见，兵起。"这里以见长庚喻示战乱不断。　　[3]龚黄：指汉代渤海太守龚遂和颍川太守黄霸，是古代"循吏"之代表。两人清正廉洁，恤民爱民，辖下百姓卖剑买牛，安心农耕。耒耜：耕田农具。戈兵：打仗守边的兵器。　　[4]"溥天"句：语出《诗经·小雅·北山》之"溥天之下，莫非王土"。

赏 析

刘基多次到过海宁，《明史·刘基传》中有刘基劝阻朱元璋滥杀而海宁降的记载。刘基的文集中也有《海宁州贾希贤义塾诗序》《海宁应氏墓庵记》等多篇文章。嘉兴海宁一带在元末正是元军与朱元璋军、张士诚军交战之地，连年战乱给人民带来了极大的痛苦，这也让刘基为之怅然伤怀，心绪难平。前四句营造气氛：黄昏时分，孤舟雾江，海潮拍击山崖，象征着战争的长庚星像月亮一样明亮，诗人不由得怵然心惊。这世道，没有了龚遂、黄霸这样的好官，农民只能放下锄头拿起兵器，这战乱何时才能结束？诗人不由感慨，天下之大，竟找不到一个安宁的容身之地啊。深沉的悲忧心悰中蕴含着山河破碎的悲痛。

贝 琼

贝琼（1314—1378），字廷琚，一名阙，字廷臣，崇德（今桐乡西南）人，曾居海宁殳山。元末隐居，以授徒为业。明洪武三年（1370），举明经，参与修编《元史》。后出任浙江乡试官、国子助教等职。诗初学杨维桢，后综学各家，风貌多样。《槜李诗系》认为"有明一代，吾郡诗人林立，以清江冠之，斯无愧焉"，以贝琼为明代嘉兴诗人之冠。朱彝尊在《静志居诗话》更是称其诗"足以领袖一时"。

皂林驿[1]

朝发白水村，夕次皂林驿。[2]

水腥无饮马，林墨有归翮。[3]

昔时兵交地，白骨如山积。

万灶今已夷，风亭焕新饰。

居人尚星散，父老悲故迹。

团团关山月，夜逐南征客。[4]

（《清江集·诗集》卷一）

注 释

[1]皂林：在今桐乡市梧桐镇的西北面，曾是运河重要渡口市镇，因长着许多皂荚树而得名。南宋时是通向都城临安的要塞，元、明在此设立驿站，有"小瓜洲"之称。　　[2]次：停留。　　[3]腥：血腥味。归翮：指飞鸟。　　[4]逐：追赶。船在行进，仿佛月亮在追赶。南征客：诗人自指。

赏 析

　　这是诗人在行旅中路过皂林时所作。元末明初，张士诚割据江南，与元军以及朱元璋军连番大战，生灵涂炭。此时战事初平，然战争疮痍仍在。河水仍有着浓浓的血腥味，路上的白骨也无人收埋，外出逃难的人们还没归乡……好在战争的伤口正在慢慢愈合，当年打仗的行军灶已被拆除，毁坏的房屋、亭子也在整修，鸟儿也知道天黑归巢了。诗写得平实、明白，在克制的语气下，有着哀民生之多艰的同情与怜悯，更盼望着和平安定、经济发展。

胡 奎

胡奎（1335—1409），字虚白，号斗南老人，海宁人。明初以儒学征授宁王府教授。其诗不事雕饰，往往有自然之致，尤长于古乐府及七言绝句。有《斗南老人集》。朱彝尊称其诗"功力既深，格调未免太熟，诵之若古人集中所已有者"。

鹓湖舟中玩月四月十五夜[1]

团团三五月，挂在鹓湖东。[2]

方舟泛流光，坐我青天中。

低头看月月在水，倒影嫦娥呼不起。

三更露下苎袍凉，恍然濯足银河里。

城南斗酒真珠红，与月共醉鲛人宫。[3]

醒来月落不知处，张帆且趁清明风。

（《胡奎诗集》卷五）

注 释

[1]玩月：赏月。　[2]团团：圆圆的样子。三五月：农历十五的月

亮。　　[3]真珠红：美酒名。唐李贺《将进酒》诗："琉璃钟，琥珀浓，小槽酒滴真珠红。"鲛人：中国古代神话传说中鱼尾人身的生物。晋张华《博物志》卷九："南海外有鲛人，水居如鱼，不废织绩，其眼能泣珠。"

赏　析

　　赏月是诗中最为常见的题材之一，容易落入俗套。这首诗胜在想象丰富而奇特。诗人坐船在鸳鸯湖上赏月，三五月正圆，月色洒向湖面，湖中倒映月光，人如在青天中，可与嫦娥共语，仿佛在银河里濯足，这是何等的快意。诗人与朋友一边饮酒一边赏月，由酒名真珠红想到鲛人落泪成珠，由水中月影想到进入鲛人宫中与月共醉。一连串的想象有如梦境，诗意十足，也富有文人雅趣。

朱逢吉

朱逢吉,生卒年不详,字以贞,号懒樵,崇德(今桐乡西南)人。洪武初年,尝任宁津知县、湖广佥事、右副都御史等,颇有政声。曾作《语溪十二咏》,分咏崇德境内的名胜古迹、历史典故和风物人情。

千乘梨云[1]

秋高美梨熟,万朵绛云蒸。[2]
曾得君王喜,因为里闬称。[3]
春香凝白雪,晓梦入青绫。
何必潘郎赋,佳名处处腾。[4]

(《槜李诗系》卷八)

注 释

[1] 此诗为《语溪十二咏》之一。千乘:即千乘乡,现为桐乡市同福乡。光绪《石门县志》:"千乘乡,在县东北十二里。"据《至元嘉禾志》,因吴王夫差养兵放牧于此,故名。　[2] 绛云:暗红色的云。蒸:热气向上升腾。梨成熟时远望如云气升腾,故云。　[3] "曾得"句:言千

乘梨曾作为贡品。南宋初年寓居崇德的官员陆埈有诗《丑梨》，称"闻尝进御"。里闬：指乡里。闬，里巷的门。　　[4]潘郎赋：指晋代文学家潘岳之赋，后泛指名赋。

赏　析

千乘梨又称语儿梨，因生长于语儿（崇德古称）而得名。宋赵令畤《侯鲭录》卷三："语儿梨，果实之珍，因其地名耳。"又因其个大近一斤而称为"斤梨"，因貌丑又称为"丑梨"，以个大汁多味甘脆而闻名。诗从色香味及历史传说等各个层面描摹了千乘梨之美。"春香"两句，写梨花如雪之白而又有香，梨叶如梦境中遍地铺满的青色绫绢，令人遐思联翩。此诗写物而虚实结合，把眼前之物与回忆、想象结合起来，言之有物且有情，情感更显真实丰盈。

高 启

高启(1336—1374),字季迪,号槎轩,长洲(今江苏苏州)人。元末隐居吴淞青丘,自号青丘子。明初应召入朝,授翰林院编修。后因《郡治上梁文》"龙蟠虎踞"之句,触怒朱元璋,被腰斩于南京。高启为明代成就最高的诗人之一,与宋濂、刘基并称"明初诗文三大家"。著有《高太史大全集》《凫藻集》《扣舷集》。高启在至正十八年到至正二十年(1358—1360)漫游吴越,作有《吴越纪游》组诗,其中写到海宁的有《过硖石》《谒双庙》等。

登海昌城楼望海 [1]

百川浩皆东,元气流不息。

混茫自太古,于此见容德。[2]

积阴涨玄涛,万里失空色。

鸿鹄去不穷,鱼龙变难测。

朝登兹楼望,动荡豁胸臆。

始知沧溟大,外络九州域。

日出水底宫,烟生岛中国。

宽疑浸天烂,怒欲吹地昃。[3]

常时烈风兴,海若不受职。[4]

长堤此宵溃,频劳负薪塞。[5]

况今艰危际,民若在垫溺。[6]

有地不可居,㶀洞风尘黑。[7]

安得击水游,图南附鹏翼。[8]

(《高太史集》卷三)

注　释

[1] 海昌：海宁古称。东汉时置"海昌县",为海宁建县之始,故称。　[2] 混茫：混沌蒙昧,指广大无边的境界。容德：古人有"海为水王""百流归德"之说,故这里把潮涌入海称为"容德"。　[3] "宽疑"二句：形容海面之宽及海风之大。昃,倾斜。　[4] 海若：传说中北海的海神,见《庄子·秋水》。　[5] 负薪塞：背着柴加固堤坝。当时在海宁一带的海塘,采用黄河上的埽工技术,用柴、土间层加压,筑成海岸防护工程,称为柴塘。　[6] 垫溺：淹入水中。　[7] 㶀洞：水势汹涌。　[8] "安得"二句：用《庄子·逍遥游》典,鲲鹏"水击三千里,抟扶摇而上者九万里。……而后乃今将图南"。

清　向金甫　海宁观潮图

赏　析

　　这首诗写得情绪澎湃、大气磅礴，把海宁潮的威猛、强悍描摹得淋漓尽致。诗人的笔上天入地，攀今揽古，想象力奇特而丰沛，潮水之开阔如天破，潮水之澎湃如地倾，潮水如此猛烈是因为海神"不受职"，读诗时如身临其境，有天崩地坼之感。到此，诗人又更深入一层，由此想到百姓修筑海塘之辛劳，生活之艰难，不由想倘能如鲲鹏，水击三千里，一飞而过，又该有多痛快。由景入情，也使诗的境界进一步升华。

苏 平

　　苏平,生卒年不详,字秉衡,晚号雪溪先生,海宁人。与其弟苏正、苏直称为"海宁三苏",与苏正同时名列"景泰十才子"。明永乐中,举贤良方正,不就。《海宁州志稿》记载,苏平"在明初为吾邑谈诗之始,高隐苏溪,啸咏自适。然其立论过高,颇不谐于俗。而竹垞翁以为和平娴雅,不失为盛世之音。读者自能辨之"。著有《雪溪渔唱》。

郭溪春水 [1]

溶溶漾漾复粼粼,碧涨前溪过雨新。[2]
兰渚带烟湘浦晚,桃花迎浪武陵春。
鱼盐小店人争利,舟楫迷途客问津。
何事白头林下叟,一竿风月独垂纶。[3]

(《海昌外志·艺文志》)

注　释

[1] 此诗为《海昌八景》之一。《海昌八景》是苏平写的一组七律,即《沧海寒潮》《鼎湖夜月》《郭溪春水》《长安晓钟》《双庙夕

阳》《两峰秋色》《无垢书屋》《仙人石井》)。郭溪:海宁郭店镇的古称。　[2]溶溶漾漾:水面微微荡漾。　[3]林下叟:隐居的老翁。垂纶:垂钓,指隐居或退隐。

赏　析

郭溪是苏平的家乡,这首诗以桃花源来比郭溪,写出郭溪的仙气、逸气。"桃花"句化用《桃花源记》里武陵渔人误入桃花源的典故;"舟楫"句化用《桃花源记》里太守遣人前往,迷不得路,后来再无问津者的典故。"鱼盐"句则说明此地生意繁盛。而镇上的老翁,无事垂钓于溪旁,有如隐士,可谓"黄发垂髫,并怡然自乐"。诗人以优美的笔调,把一幅当世桃花源图徐徐展示出来。

怀 悦

怀悦，生卒年不详，字用和，自号柳溪小隐、湘湖渔隐，嘉兴人。以纳粟官通判。与苏平友善，常相往来。辑有《士林诗选》十卷，《四库全书》录入存目。有学者认为通常署名唐司空图的《二十四诗品》作者实为怀悦，是从其所著的《诗家一指》中析出的。

春 兴

花气醺人似酒醇，东风随处扫香尘。
不知画舫琵琶月，载得南湖几度春。

（《列朝诗集》乙集卷五）

赏 析

从内容看，此诗写的是春日文人于湖畔雅集的情景。怀悦有园林在嘉兴湘家荡南，名曰"柳庄"，也名"柳溪"。怀悦于湘家荡畔多建亭台，称"湘湖八景"，嘉兴诗人姚纶将这里比作唐代大诗人王维隐居的终南山"辋川别业"，嘉兴文人多于此雅集，"园亭诗酒之会，极一时之盛"。湖边花香袭人，令人陶醉。春风过处，落花轻飞，是谓香尘。雅集一直持续到晚间，众人坐在画舫上，听着琵琶，饮酒赏月，其乐融融。这首诗，写出了文人雅集的热闹与轻松，也写出了文人雅集特有的趣味，可谓活色生香。

清　杨伯润　烟柳仕女图

张　宁

张宁（1426—1496），字靖之，号方洲，一作芳洲，海盐人。明景泰五年（1454）进士，授礼科给事中。天顺元年（1457）奉命出使朝鲜，与朝鲜文臣赓酬唱和，其诗文后来被朝鲜刊印，名为《皇华集》，成为中朝文学交流史上的一段佳话。回国后，出为汀州知府，以简静为治。不久，托疾致仕。家居三十年，屡荐不起，闭门谢客，以琴书自娱。著有《方洲集》。

重游金粟寺有作[1]

溪深通小艇，山峻露层台。[2]

林叶经霜尽，河冰近午开。

闲云僧出定，旧雨客重来。[3]

扰扰浮生路，经过知几回。[4]

（《方洲张先生文集》卷一〇）

注　释

[1] 金粟寺：在海盐县澉浦镇茶院村，由西域康僧会创建于吴赤乌年间。　　[2] 层台：重台，高台。　　[3] 出定：佛家以静心打坐为入

定,打坐完毕为出定。旧雨:老友。出自杜甫《秋述》:"常时车马之客,旧,雨来;今,雨不来。"后以"旧雨"指代老朋友,以"今雨"指代新朋友。　　[4]扰扰:纷乱貌。

赏　析

　　张宁辞官回乡闲居,去金粟寺礼佛,这首诗写出了金粟寺的幽静。坐着小舟沿溪而行,远处山巅上隐约露出楼台一角,那就是金粟寺了。冬日的树叶已渐凋尽,而小河里的冰到中午才开始融化。这几句写景,写出了幽、远、偏,这也是诗人心绪的投射。心静而境静,陶渊明的"心远地自偏"就是这个意思。刚刚打坐完毕的老僧如闲云野鹤,迎接老朋友到来,"重来"二字呼应着诗题"重游"。诗人感慨,红尘纷扰,如此静修也是难得几回啊——也算是卒章言明志趣。

郑 晓

郑晓（1499—1566），字窒甫，号澹泉，海盐人。明嘉靖二年（1523）进士，历任兵部右侍郎兼副都御史、刑部右侍郎、吏部尚书等职，因不与严嵩合作而遭贬。卒后，隆庆时追赠太子少保，谥"端简"。有《端简文集》等。

秋日海上（其一）

孤城海上若星棋，闻说三迁事更悲。[1]
百谷东南空地力，九秋潮汐自天时。[2]
黄湾水落鱼虾乱，白塔烟深草木迟。[3]
鼛鼓年来犹未息，何人肉食抱长思。[4]

（《槜李诗系》卷一二）

注 释

[1] 三迁：海盐设县于秦王政二十五年（前222），其地包括今天上海市的金山区、平湖市及海宁市的一部分。因海侵、地陷等原因，其县治曾从金山一带三迁至今武原街道一带。其地也逐渐析出。　　[2]"百谷"句：指百谷之水汇聚于东南，故而水土本宜耕种。九秋：秋季三

个月九十天，故称三秋、九秋。　　[3]黄湾：今属海宁市，与海盐紧邻。白塔：海盐近海中的小岛。　　[4]鼙（gāo）鼓：古代用于役事的大鼓，此指倭寇的骚扰。肉食：指统治者。《左传·庄公十年》："肉食者鄙。"

赏　析

郑晓是明代中后期一位正直有为的官吏，面对嘉靖时期的内外社会矛盾，他深感忧虑而又无能为力，这组七言律诗正反映出他的这一思想矛盾。他生活在钱塘江下游沿海，这一首诗由海盐的地理形势而引发议论，表现出他对现实的关心。首联总写海盐的地理特点和历史变迁，它独立于海边，海中众岛如星棋，历史悠久。颔联写海盐的地理特点带来的影响，它处于嘉兴平原，物产富饶，但海边多山，不能充分利用土地；它紧靠海边，受到海潮冲击，自唐以来，就有抵御海灾的记录。颈联写景，从海盐往西是海宁黄湾一带，这里近山傍海，地势险要。东南的海中分布着众多海岛，树木繁茂。由于地理位置重要，海盐也是防御外敌入侵的战略要地。尾联即写到嘉靖年间倭寇骚扰，数十次从平湖、海盐进入内地，给嘉兴一带造成极大的损失。而统治者对此缺乏长远的考虑，对此诗人表达出极大的忧虑。

吕希周

　　吕希周，生卒年不详，字师旦，号东汇，崇德（今桐乡西南）人。明嘉靖五年（1526）进士，官户部主事、督清江浦漕运，历任吏部文选司郎中、通政司通使等。曾参与抗倭战争。后被劾归家。嘉靖中期后，倭寇骚扰嘉兴一带，为抗倭寇修筑崇德城墙时，吕希周建议将运河旧塘开成曲塘，使其改道东向绕城，东面以运河兼作护城河，既通舟楫，又利防卫，人称"崇德吕希周，直塘改作九弯兜"。自是居民日以殷富。有《东汇诗集》十卷。

海上叹

恶飓东南发，凌空簸海涛。[1]
边隅遭荡析，渊薮萃逋逃。[2]
共道军威弱，谁令杀气高！
黄氛飞黯惨，白骨乱蓬蒿。[3]

（《东汇诗集》卷九）

注　释

[1] 恶飓：凶恶的大风。　　[2] 边隅：边境。荡析：动荡离散。析，

判,分开。"渊薮"句:谓此处成为倭寇聚集之所。渊薮,人或事物集中之处。萃,聚集。逋逃,逃亡之人。《尚书·武成》:"纣为天下逋逃主,萃渊薮。" [3]黄氛:指黄尘。

赏　析

明代中期,我国东南沿海一带惨遭倭寇骚扰破坏,倭寇大本营在今上海金山、浙江平湖一带,嘉兴地区首当其冲。由于明代东南一带承平已久,失去了警戒,军力削弱,嘉善、崇德等地都无城墙,面对倭寇烧杀掠抢,束手无策。据《嘉兴市志》,明代嘉靖三十二年至三十五年(1553—1556),短短几年间,倭寇侵袭嘉兴各地达百余次,两掠嘉兴,三陷嘉善,两占崇德,一占乍浦,七进硖石,包围桐乡,几次攻打和骚扰平湖、海盐,百姓深受其害。吕希周这首诗即有感于此而发。

首联以海上飓风掀起滔天海涛为喻,写出倭寇气焰嚣张凶恶。颔联进一步指出国家的东南海境遭到劫掠,这里成为倭寇的渊薮老巢。倭寇是指日本海盗,但其中有不少是中国人,他们或因犯罪而逃亡,或因生活所迫走上冒险作乱之路。颈联则用反诘句法将矛头直指当时的统治者,是他们只知搜刮,不顾百姓安危,助长了倭寇的气焰。尾联写出当时嘉兴一带百姓所遭受的深重苦难。直到"王江泾大捷""沈庄大捷"后,倭患才得到遏制。

王世贞

王世贞（1526—1590），字元美，号凤洲、弇州山人，太仓（今属苏州）人。嘉靖二十六年（1547）进士，官至南京刑部尚书。王世贞与李攀龙、徐中行等人合称"后七子"，李攀龙故后，王世贞独领文坛二十年。著有《弇州山人四部稿》《弇山堂别集》《艺苑卮言》等。王世贞曾经来过嘉兴，留下多首关于嘉兴的诗。

海盐石堤与周生辈观日出作[1]

日者万物母，海为百谷王。[2]

两雄未荡摩，众有皆摧藏。[3]

天鸡警霄发，波臣导余望。[4]

穷纮露黝紫，极际见青苍。[5]

回首顾中原，破睫犹茫茫。[6]

倏忽金轮升，流光浴扶桑。[7]

一发界瀁溔，万鬣竞纵横。[8]

湛湛天酒晞，烨烨云旗张。[9]

波将骇骏上,猋与蹻龙翔。[10]

无复虞蒙汜,阳德炽方昌。[11]

(《弇州四部稿》卷一二)

注 释

[1]石堤:石海塘。海盐鱼鳞石塘建于明代嘉靖年间。 [2]万物母:意谓生成世间万物的根源。《道德经》:"有名,万物之母。"百谷王:《道德经》中认为,大海处于百谷之下,百谷之水皆流向大海,故为百谷之王。 [3]两雄:指太阳与大海。众有:万物。摧藏:摧伤,挫伤。 [4]天鸡:神话传说中天上的鸡,日出即鸣,天下的鸡也随之鸣。波臣:指水族。 [5]穷纮:天与海的尽处,即下句的"极际"。《淮南子》中将八方极远之地称为"八纮"。黝紫、青苍:指太阳升起前的不同云彩颜色。 [6]破睫:张开眼。 [7]金轮:指太阳。扶桑:传说中太阳升起的地方,在东方。 [8]一发:一根头发(的宽度),指天与海之间的距离。灢漭(dǎng mǎng):水势广大。万鬣:这里指海浪。鬣,指动物颈部的长毛。 [9]湛湛:露水浓重的样子。天酒:露水。晞:干。烨烨:明亮。云旗:指朝霞。 [10]骇骏:受惊的马。猋(biāo):犬奔貌。蹻龙:威武之龙。 [11]虞:忧虑,担心。蒙汜:传说中太阳落下之处。阳德:阳气。炽:昌盛。

赏 析

这首五言古诗记录了在海盐石塘观日出的过程。站立石塘之上,大海一望无际,这里是观赏日出的最佳场所。诗的首四句以议论开头——大自然中最伟大的是太阳与大海,两者相遇,将会产生怎样的雄奇景象?为写海上日出的壮观埋下伏笔。接下来四句描写日出前大海的景色,苍茫大海,无边无际,天海相接处云霞微露;再两句写回望日出前平原的景色,为海上日出作了铺垫。再以下八句有层次地描写日出时天上太阳与大海波浪的壮观。末两句盛赞太阳的生命力。全诗运用比喻、夸张等多种手法,写出日出的过程,读来场景如在眼前,震人心魄。

董其昌

董其昌（1555—1636），字玄宰，号思白、香光居士，谥"文敏"，松江华亭（今属上海）人。著名书画家。有《容台集》。董其昌与嘉兴文人如项元汴、冯梦祯等关系密切，曾在项元汴的天籁阁里观摩历代名画，"尽睹项子京家藏真迹"，极大地提高了他的书画造诣。现南湖宝梅亭旁有一块"鱼乐国"石碑，是万历三十三年（1605）董其昌所题。

题平湖弄珠楼呈萧象林使君二首（其一）[1]

弄珠汉水遗事，使君汉阳人，而平湖亦有汉塘，又称鹦鹉湖，于弄珠差合。[2]

闲将乡思倚层霄，吴楚乾坤共沉潦。[3]
鹦鹉洲前催作赋，凤凰台上忆吹箫。[4]
山连秦望三神近，湖似浔阳九派消。[5]
一自明珠还海曲，采风应到弄珠谣。[6]

（《容台集·诗集》卷三）

清　东湖弄珠楼图

注　释

[1] 弄珠楼：在平湖东湖中。初建于嘉靖年间，因九条支流汇合此湖，建亭于湖中，犹如九龙戏珠，遂名戏珠亭。万历年间改名弄珠楼。萧象林使君：萧象林为当时的平湖县令。　　[2] 汉水遗事：指神女弄珠之典故。《文选·南都赋》："游女弄珠于汉皋之曲。"鹦鹉湖：即东湖之别称。　　[3] 吴楚：嘉兴一带春秋战国时先属于吴国，后属于楚国。洨漻（xuè liáo）：空旷辽阔。　　[4] "鹦鹉"句：指东汉才士祢衡作《鹦鹉赋》，同时双关"鹦鹉湖"。"凤凰"句：用秦穆公时的萧史吹箫作凤鸣，后教穆公女弄玉吹箫，一起仙去之典。事见《列仙传》。　　[5] 秦望：指不远处的海盐秦驻山，相传秦始皇曾驻扎于此。三神：指泖湖三姑。相传秦始皇时有邢氏三姑，为泖水诸湖之神。泖湖是古代在嘉兴平湖、嘉善与上海金山、松江一带的湖河，后大多湮塞

成平原。浔阳：即浔阳江，长江流经今江西九江的一段。九派消：古代长江有九条支流于浔阳附近汇入，故称。派，支流。　　[6]"一自"句：用合浦还珠典，赞美萧象林为官清廉。据《后汉书·孟尝传》，孟尝曾任合浦太守，合浦产珠，前任太守贪赃枉法，采求无度，珠蚌渐渐迁移到了邻郡。孟尝到任后"革易前敝，求民病利"，不到一年，珠蚌再次在合浦繁衍。"采凤"句：用神女弄珠典，与诗题及诗序相呼应。春秋时，郑交甫在汉水之畔遇到两位神女，"佩两珠，大如荆鸡之卵"，神女把珠赠给郑交甫，交甫藏于怀中，行约十步后，神女与佩珠都不见了。

赏　析

　　这首诗吟咏平湖东湖名胜弄珠楼。首联总写登楼感受：面对空旷寥廓的湖水美景，忘却了乡思闲愁。颔联从东湖的别名"鹦鹉湖"及湖上动人的箫声，联想到传说中与历史上的美人才士，生发美妙遐想。颈联写楼的四周的地理环境，将它比作江西的浔阳江，突出其悠久的人文历史和重要的水利地位。平湖地处嘉兴平原的东面，在几条河流的下游。尾联从弄珠楼的名称出发，连用两典，既恭维了萧象林为官清廉，又切合了诗题，十分巧妙。董其昌是画家，其诗风似画风，意趣简淡自然，用语平易秀润而意蕴丰富。

朱国祚

朱国祚（1559—1624），字兆隆，号养淳，秀水（今嘉兴）人。清初一代词宗朱彝尊的曾祖父。万历十一年（1583）进士第一。官至户部尚书，兼武英殿大学士，卒后赠太傅，谥"文恪"。有《介石斋集》。

初夏过沈纯甫穆湖村舍[1]

逐臣归岭外，近住穆湖村。[2]

油菜齐抽甲，珠藤不露根。[3]

漉汤猫竹笋，下酒鸭馄饨。[4]

满箧新诗卷，曾无谏草存。

（《明诗综》卷五四）

注　释

[1]沈纯甫：即沈思孝，嘉兴人，曾因上疏谏劾张居正而被廷杖、下狱并贬谪，张居正死后复官。致仕后归家，居住在嘉兴城北穆湖畔。　[2]逐臣：被流放的大臣。岭外：五岭以南。沈思孝曾被贬谪

至广东神电卫。　　[3]珠藤：一种攀延蔓生的植物。　　[4]猫竹笋：即毛竹笋，嘉兴平原农家都有小竹园。

赏　析

　　沈思孝敢于直谏，不惜得罪权臣而遭贬谪，朱国祚对这位乡贤怀有敬意。沈思孝致仕归家，住在穆湖畔，这首五言律诗描写沈思孝归居后的生活场景，表达对他的敬重之情。首联总写沈思孝的遭遇及归家居住在此的现状。颔联描写此地春日生机一片的景色。颈联以家乡的特产写沈思孝居家的俭朴生活。尾联以设问的句式，点出沈思孝既是诗人，又是一位敢于直谏的诤臣。他在归家后写了不少诗，上奏的谏疏草稿却一份不留，可知其远离官场，一心安居。全诗用语平易，情含其中。朱彝尊《静志居诗话》引曹溶之言评价他曾祖父的诗："文恪诗尤婉秀，轩轩霞举，一无俗尘，望而知其品之清也。"

章士雅

章士雅,生卒年不详,字循之,吴县(今江苏苏州)人。明万历十七年(1589)进士,曾于万历十九年至二十五年(1591—1597)任嘉善知县,官至工部郎中。

严助墓[1]

在天宁。墓上有古树,大数寻,枝叶皆西北向。每将雨,作剑佩声。[2]

言寻旧迹来山寺,衰草离离识墓门。[3]
太守楼船何日去,将军碣石到今存。[4]
文章不共烟霞散,剑佩犹随风雨翻。
古木千年尚西北,牛车遗恨未须论。[5]

(万历《秀水县志》卷八)

注 释

[1] 严助(?—前122):会稽由拳(今浙江嘉兴)人,原姓庄,史书因避汉明帝刘庄之讳,改称严。其父严忌,是嘉兴最早留下姓名、作品的文人,其《哀时命》收入《楚辞》。严助与朱买臣是同乡好友,后因

淮南王刘安谋反，严助牵连被杀。　[2]天宁：天宁寺，其地在今嘉兴市区少年北路一带。据光绪《嘉兴府志》，此地原是西汉时严助宅，有井，井水甘洌，供路人饮，唐时建为施水庵。唐懿宗咸通年间改为寺院。据传严助墓在此。现辅仁小学内尚有土丘，据传为严助墓。寻：八尺为寻。　[3]离离：草木茂盛貌。　[4]"太守"句：指严助奉汉武帝命赴会稽调兵，逼迫会稽太守听从自己的命令，发兵救东瓯事。见《汉书·严朱吾丘主父徐严终王贾传》。楼船，即战船。平闽越、救东瓯必须用到战船。将军：天宁寺内的严助墓，后世又被称为"严将军墓"。碣石：墓碑。　[5]"古木"句：树枝西北向，意谓反常，指严助冤气有所感，欲向西北方向的长安申诉，致生灵异。"牛车"句：意谓对害人害己者又有什么好说的呢？牛车，指牛车之祸，谓汉张汤冤死后薄葬，仅以牛车载棺。而张汤正是害死严助之人。

赏　析

这首七言律诗写嘉兴天宁寺严助墓。诗前小序中介绍，严助墓上有古树，枝叶向西北，下雨天，风吹树叶会如佩剑叮咚作响。朱彝尊《鸳鸯湖棹歌》第三十首写到当时嘉兴人有到严将军墓"踏青"的习俗。首联总写严助墓的荒凉，感慨兴亡之意隐含其中。颔联、颈联简述严助生平及其留下的遗产：曾仗节调兵平定闽越，故后世称严将军，其墓葬于此；世事如烟，而文章不朽，终得流传（严助也是辞赋家，有文章传世）。尾联感叹严助英灵不散，似有冤欲诉，嘲笑了张汤一类害人害己者。

李日华

李日华(1565—1635),字君实,号九疑、竹懒等,嘉兴人,居嘉兴东城春波桥附近。万历二十年(1592)进士,官九江府推官、南京礼部主事、太仆寺少卿等。书画家、鉴赏家、诗人。精通书画、金石,人称"博物君子"。因不愿与权臣同流合污而辞官家居。为人恬淡自持,工于诗,妙于书,精于画,著述丰富。有《六研斋笔记》《味水轩日记》《紫桃轩杂缀》及《恬致堂集》等。

端 午

旭日上帘迟,佳人绣五丝。
榴花点轻鬓,蒲叶荐芳卮。[1]
扇画开蝉雀,符章篆虎螭。[2]
江乡饶节物,芦笋又关思。[3]

(《恬致堂集》卷四)

注 释

[1]荐:举起。卮:古代盛酒的器皿。 [2]蝉雀:旧时多将蝉与雀的图案画于扇上。宋孝武帝曾赐何戢蝉雀扇,事见《南史·何戢传》。

虎螭：虎和龙。此指绘有龙虎的辟邪符纹。　　[3]饶：丰富。节物：应时令的物品。关思：关心。

赏　析

　　李日华的诗歌通脱潇洒，能以平易亲切的语言构造出清新明朗的意境，含蕴丰富，读来别有风味。这首五言律诗写嘉兴端午节的习俗，表现自己风雅精致的生活情趣。首联叙写端午绣、挂五色香囊的习俗。当初夏的太阳照上窗帘时，女子已经在忙碌地绣着五色香囊，装上中药，挂于身上以驱虫避邪。颔联叙写端午榴花盛开，插榴花于鬓边，喝雄黄酒、插蒲叶艾叶避邪；颈联则写到画有蝉雀的扇子与绘有龙虎的辟邪符纹。尾联再想到江南家乡端午季节的时令菜蔬芦笋，给人留下回味的余地。

胡震亨

胡震亨（1569—1645），字孝辕，号遯叟，海盐人。万历二十五年（1597）举人，官合肥县令、兵部员外郎等。著名文学家、藏书家，近人张元济称其为"海盐第一读书种子"。曾编著《唐音统签》，有《赤城山人稿》。

午日小饮口占 [1]

梅雨才晴几日余，又看梅熟荐黄鱼。[2]

啼残姑恶麦秋过，落尽女贞花事疏。[3]

老矣难充医国艾，归欤冷笑杀身蝼。[4]

眼前只个菖蒲醆，合为年光一破除。[5]

（《携李诗系》卷一六）

注 释

[1] 午日：端午日。口占：即兴作诗。　[2] 荐黄鱼：以新上市的黄鱼进献。　[3] 姑恶：鸟名，叫声似"姑恶"而得名。麦秋：指农历四月，麦子成熟收割季节。女贞：树名，初夏开花。　[4] 医国艾：此语双关。"艾"指艾草，端午风俗与菖蒲同挂门上以辟邪。"医国

艾"则是一种比喻,指为国家除弊兴利的人或事。宋周必大《端午帖子》有"仁政便为医国艾"句。杀身蟾:比喻不知明哲保身的人。蟾,蟾蜍。古时端午有捕蟾蜍的习俗,一方面提取蟾酥以制药,另一方面也是为了躲避兵器伤害。《文子·上德》:"蟾蜍辟兵,寿在五月之望。" [5]菖蒲醆:菖蒲酒。合:该。年光:时光,指端午节。破除:指打破不喝酒的惯例。

赏 析

胡震亨文才渊博,有济世之志,为官颇有政绩,但身处明末动乱年代,难抒其志,乃乞归居家,一心做学问。这首七言律诗借端午抒怀,表达自己怀才不遇、难以伸展的牢骚。诗的前两联写海盐端午景观习俗。初夏季节,梅雨初歇,梅子黄熟,黄鱼上市。姑恶鸟啼鸣,麦子成熟收割,女贞花凋落,草木繁茂。后两联借端午习俗抒发感慨,感叹自己年华老去,不能再为国效力,可笑那些不知进退的人已经丢掉了性命。全诗借节日抒怀,以戏谑的口吻写深沉的主题,用词平易而老到,对仗工稳,尤其是"老矣"之"矣"与"归欤"之"欤"虚词相对,尤见功力。

魏大中

魏大中（1575—1625），原名廷鲤，字孔时，号廓园，嘉善人。万历四十四年（1616）进士，官至吏科给事中。为官清廉。因上疏揭露阉党魏忠贤，遭到迫害，与杨涟、左光斗等同入狱，受折磨致死。崇祯时平反昭雪，赠太常卿，谥"忠节"。有《藏密斋集》。

春四日新霁经伍子塘[1]

节物惊今日，江山感昔朝。
莎晴春自碧，风暖浪还骄。[2]
雨雪长年积，烟花故苑消。[3]
英雄千古恨，倚棹欲无聊。

（《藏密斋集》卷一〇）

注　释

[1] 新霁：新晴。伍子塘：连通嘉善南北的塘河，相传为春秋时吴国伍子胥所开，故名。　[2] 莎：莎草。　[3] 烟花：此代指繁华。故苑：原来帝王游玩的宫殿、园林。此指吴王夫差的宫苑。

赏　析

　　这首诗写诗人经过伍子塘时的所见所感，描写江南初春景色，感慨历史兴亡。首联写初春经过伍子塘，看到春临大地，引起感慨：时光飞逝，而自己报国无门。怀古思今，明代后期朝政昏暗，权臣、阉党弄权，与当年吴国夫差时何其相似。颔联写景：春日来临，莎草已泛青色，暖日下河水泛起浪花。颈联由景入情：看到伍子塘两岸积雪犹存，想起当年吴王夫差时的繁华却已烟消花谢。由此转入尾联的议论抒情：忠良伍子胥劝谏吴王夫差不要任用权臣，反而被逼自尽，吴国也因此走向灭亡。而晚明的政治与此十分相似，诗人不由陷入深思之中。全诗情景互生，由景入情，表达出忧虑国事、报国无门的复杂心情。这也是他后来能不惜生命与阉党斗争的思想基础。

钱谦益

钱谦益（1582—1664），字受之，号牧斋、蒙叟等，江苏常熟人。明万历三十八年（1610）进士第三人，授翰林编修，晋礼部右侍郎。后降清，以礼部侍郎管秘书院事，充《明史》修纂副总裁。不久辞官。钱谦益学问宏富，功力深厚，与吴伟业、龚鼎孳并称清初"江左三大家"，其诗尤为人称道，有《初学集》《有学集》等。因其降清，为人所诟。钱谦益在崇祯朝时频繁到嘉兴，吟诗作赋、策划谋事，并在南湖勺园与柳如是定情。

题南湖勺园 [1]

寒园竹树正萧萧，几席南湖影动摇。

有雨云岚浑欲长，无山翠霭不曾消。

波深地角生朝气，水落天根见暮潮。[2]

楼上何人看烟雨，为君枝策上溪桥。[3]

（《牧斋初学集》卷一七）

渔家谋生计熟
时此养禾但有
馄饨样南汤僧
不饥采~纖手
淮秋晓映澄波
鸳鸯两湖水欤
乃同棹歌

鸳湖采芰
近南曰南
芰角圆
近北曰北
芰角共
種同産異
水性使然

清　沈毂　鸳湖采菱图

注 释

[1]勺园：明末吴昌时建于南湖边的园林，其状如一把勺子，伸向湖中，面对烟雨楼。园内繁华无比，吸引了大批高官达人、文士骚客前来谈诗论词，饮酒作乐。后吴昌时被诛，勺园逐渐荒废。今嘉兴南湖边的勺园为易地新建。　　[2]天根：星名，即氐宿。《国语·周语中》："天根见而水涸。"　　[3]枝策：拄着拐杖。

赏 析

　　明末大批的官员和名人曾是嘉兴南湖勺园的座上客，他们留下了众多的诗文。明末清初诗坛领袖钱谦益的七言律诗被认为有杜甫诗歌深沉含蕴的特色，这首诗也是如此。诗歌把勺园的内在精神、气魄及格局含蓄写出，它不落目于亭台楼阁这些表面的东西，但透过字面，自可感受到一种富贵而高雅的气息。首联总写勺园的位置和给人的感受。坐在南湖畔勺园的几席上，只觉园中竹树萧萧，影影绰绰。中间四句写南湖的壮阔之景：云天相接，湖面云气水光笼罩，湖水伸向天边地角，烟雨楼等楼阁亭台似乎浮在水面，暮潮涌起，浪奔水涌。对于尾联"楼上何人看烟雨？为君枝策上溪桥"，陈寅恪认为"当更有所指，不仅谓烟雨楼也"。

谈　迁

谈迁（1594—1658），原名以训，字仲木，明亡后改名迁，字孺木，海宁人。明诸生，入清不仕。明亡后历尽艰难撰写史著《国榷》。他曾从嘉兴坐船经京杭大运河至北京，一路写下的诗文收入其《北游录》中。

洛塘故庙有文杏树为唐许太守远手植[1]

风霜千载傲孤枝，异代如存旧日姿。

先正典型俨在望，故乡景物凛如斯。[2]

凌霄欲作飞腾势，衔恨尝闻惆怅词。

九地孤根应不浅，同时南八好男儿。[3]

（《枣林诗集》卷下）

注　释

[1]洛塘：河名，贯穿海宁东西，全长二十多公里，被称为海宁的"母亲河"，流经伊桥等镇区。伊桥相传是唐代许远（字令威）的家乡，有他读书的地方，后在此建纪念他的祠庙。他亲手种植的文杏（银杏）树至清初犹存。　　[2]先正：前贤。俨：俨然，好像。凛：严肃而可敬

畏。　　[3]南八：即南霁云。与许远、张巡同守睢阳，后牺牲。事迹见韩愈《张中丞传后序》。

赏　析

唐代"安史之乱"中与张巡一起孤守睢阳、壮烈而死的太守许远是海宁人，其故居在海宁洛塘河边，后人在此建庙纪念。据说此地一棵银杏树是许远亲手所种植，千年后仍枝叶繁茂。作者以此为喻，赞扬许远、南霁云如这棵坚贞不屈、傲然屹立的银杏，也寄寓了作者自己不仕清廷的坚定志向。首联总写银杏树千年以来傲霜迎雪，屹立依旧。颔联议论——见到这棵银杏树，犹如见到先贤的身影，使人敬畏。颈联以拟人手法描写古银杏凌空独立、枝叶繁茂的形象，似乎在遗憾当年之事。尾联赞扬古银杏扎根地下，坚持独立，犹如当年死守睢阳、保卫大唐江山的许远、张巡、南霁云。

陈　确

陈确（1604—1677），原名道永，字非玄，后更名确，字乾初，海宁人。明诸生。与黄宗羲同为刘宗周学生。入清后隐居乡中专事著述。主张读书与躬行结合，反对理学脱离实际。其诗质朴自然，多为反映现实之作。《静志居诗话》评其"诗不求工，然亦流畅"。有《大学辨》《瞽言》和诗文集等。

芽谷饼歌[1]

久旱积往恨，一雨成新悲。

谷烂不可饭，薪烂不可炊。

未遑计终岁，惟惭负公私。[2]

聊将捣作饼，脱甑哗童儿。[3]

童儿不知愁，持饼陇上嬉。[4]

啧啧谓其父，新饼甘如饴。

父饥莫能啖，腰间裹数枚。

当随仓吏去，严城从絷维。[5]

（《乾初集·诗集》卷二）

注 释

[1]芽谷饼：发芽谷子磨粉制成的饼。谷子或麦子发芽后产生饴糖，有甜味。　　[2]未遑：没空顾及，来不及。公私：指缴纳赋税和养活家人。　　[3]脱甑(zèng)：从蒸笼上拿下。哗：小孩争抢声。　　[4]陇：同"垄"，田塍。　　[5]仓吏：管理官仓的官吏。縶维：捆绑。指被官府捆去逼交租税。

赏 析

　　诗人在诗下有自序，谈到自己小时候喜欢吃芽谷饼。芽谷饼原是下种时剩余的种子所制，但这一年旱涝急转，稻谷未收即烂在田里，再加上清军征掠，逼取赋税，农民灾上加灾，为充饥，将烂谷制成芽谷饼给小孩吃，自己挨饿，而小孩不知父母之愁，反谓谷饼可口。此处用反衬手法写农民痛苦。清兵占领江南后拉夫抢粮的题材，在朱彝尊等许多诗人笔下写到过。陈确生活于下层，目睹百姓的苦难，用平易的语言、纪实的手法在诗中反映出来。他另有《东里谣》《黄楝头歌》《荒年诗》等，从不同角度写出清初杭嘉湖平原的现实。

吴伟业

吴伟业（1609—1672），字骏公，号梅村、鹿樵生，太仓（今属苏州）人。明崇祯四年（1631）进士，入清后被迫出仕，官至国子监祭酒。吴伟业与钱谦益、龚鼎孳并称"江左三大家"，为"娄东诗派"开创者。长于七言歌行，后人称为"梅村体"。著有《梅村家藏稿》《梅村诗余》等。吴伟业作为明末清初江南诗坛领袖，在嘉兴一带很有名望，他也多次到嘉兴，是吴昌时勺园的座上客。清顺治七年（1650），他来嘉兴参加南湖举行的"十郡大社"会盟活动，年轻的朱彝尊曾得到他的夸赞。

鸳湖曲（节选）

鸳鸯湖畔草粘天，二月春深好放船。

柳叶乱飘千尺雨，桃花斜带一溪烟。

烟雨迷离不知处，旧堤却认门前树。

树上流莺三两声，十年此地扁舟住。

主人爱客锦筵开，水阁风吹笑语来。

画鼓队催桃叶伎，玉箫声出柘枝台。[1]

轻靴窄袖娇妆束,脆管繁弦竞追逐。[2]

云鬟子弟按霓裳,雪面参军舞鸲鹆。[3]

酒尽移船曲榭西,满湖灯火醉人归。

朝来别奏新翻曲,更出红妆向柳堤。

欢乐朝朝兼暮暮,七贵三公何足数![4]

(《吴梅村诗集笺注》卷三)

注 释

[1]桃叶伎:泛指歌伎。东晋时有美女桃根、桃叶姐妹,为王献之妾。柘枝台:指舞台。柘枝,指柘枝舞,一种舞蹈。　[2]脆管繁弦:节奏急促、旋律丰富的管乐和弦乐,泛指节奏明快的音乐。脆管,笛子的别称。　[3]云鬟子弟:发髻高耸的歌伎。霓裳:指唐时的著名舞曲《霓裳羽衣曲》。雪面参军:脸色雪白的参军戏演员。参军戏是唐宋时流行的一种表演艺术。舞鸲鹆(qú yù):跳鸲鹆舞。鸲鹆,鸟名,即八哥。　[4]七贵三公:指各种达官贵人。

赏 析

明末吴昌时建的勺园,成为达官贵人和风雅文人的聚会之地,此诗回忆当年吴昌时极尽奢华,在此设乐招待客人的场面,感慨后来他势败被杀、繁华消尽。这里选取诗的前半部分。作者另有七律《鸳湖感旧》,也是写这一题材。

前八句由重游南湖、看到春日南湖旖旎风光而引起往事回忆,简练传神地刻画出春天南湖的迷人风光,并由"烟树迷离""树上流莺"引入对当年的往事回忆。接下去八句描写主人吴昌时开设豪宴,并在水阁戏台上演戏招待贵客的场面。各色美貌歌伎、各种美妙音乐,还有优美的舞蹈,一流的表演、着装,尽显主人的富有和权势。再接下去六句回忆众人观戏后饮酒作乐,夜游南湖。满湖灯火,波光闪烁,直到深夜,喝得醉醺醺的客人尽兴而归。第二天,别翻花样,又是新的戏目,美妙的歌声响彻柳堤。朝朝暮暮,行乐挥霍,就是朝中那些"七贵三公"也不能及。

清　吴伟业　南湖春雨图

顾炎武

顾炎武(1613—1682),原名绛,明亡后改名炎武,字宁人。昆山人。明末清初思想家。明亡后参加抗清斗争,后走遍各地,坚不仕清。其学问广博,被誉为"一代巨儒"。其家乡有亭林湖,人称亭林先生。有《日知录》《天下郡国利病书》等五十余种著作。顾炎武家乡昆山紧邻嘉兴,常往来于这一带,对嘉兴十分熟悉。

秀 州

秀州城下水,日夜生春云。

云含秀州塔,鸟下吴江渍。[1]

我愿乘此鸟,一见仓海君。[2]

异人不可遇,力士难再得。

海内不乏贤,何以酬六国。[3]

将从马伏波,田牧边郡北。[4]

复念少游言,凭高一凄恻。[5]

(《亭林集·诗集》卷二)

注 释

[1]吴江：今苏州市吴江区，与嘉兴紧邻。濆：水边，此指太湖。 [2]仓海君：秦时人。相传张良去东海见仓海君，得到力士和铁椎，在博浪沙行刺秦始皇。 [3]六国：指战国时被秦所灭的诸侯国。 [4]马伏波：指东汉马援，后封伏波将军。《资治通鉴》："马援少时，以家用不足辞其兄况，欲就边郡田牧。" [5]少游：马援的从弟。

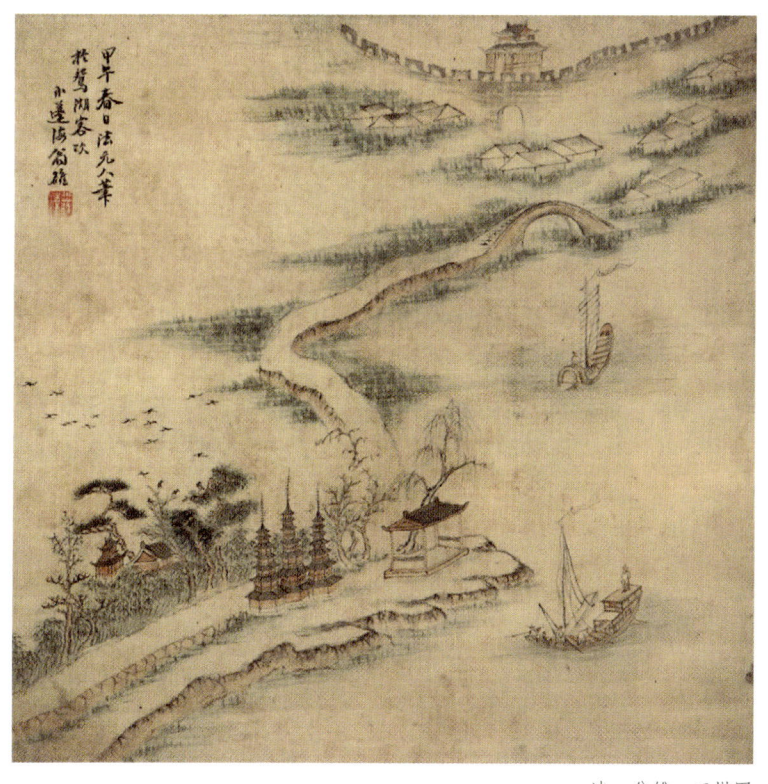

清　翁雒　三塔图

赏 析

1644年，李自成攻入北京，明朝灭亡，史称"甲申事变"。随即清军入关，占领北方。1645年，清军攻过长江，弘光政权灭亡，江南各地兴起抗清斗争。时吴江、松江、嘉兴等地义军以太湖为基地进行抗清斗争。顾炎武此诗即叙写清初江南一带的抗清斗争，表达抗清的决心及对抗清事业的关切和忧虑。

首四句写登上秀州的高塔远望，只见云雾缭绕，鸟雀飞向北面的吴江太湖之滨。再四句写自己愿乘鸟去寻找"仓海君"，像当年张良刺秦那样，去消灭清军，但异人、力士难再遇。"海内"两句借张良"酬六国"来影射抗清复明运动。末四句用东汉马援之典，一方面表示要像马援一样立志马革裹尸以报国，另一方面又看到清军强大、大势已去、复明愿望难以实现的现实，陷于悲哀、矛盾之中。马援从弟马少游曾劝导马援：人一生只求衣食足够、乡人称善而已，何必要有大志？后顾炎武看到复明无望，走遍各地，观察地理形势，以待时机实现抗清复国壮志，其志至老弥坚，至死不渝。

曹 溶

曹溶（1613—1685），字洁躬，号秋岳，晚号倦圃老人，秀水（今嘉兴）人。明崇祯十年（1637）进士，官监察御史。降清后官户部侍郎、广东布政使等。浙西文坛领袖，诗词、散文均有成就。有《静惕堂诗集》等。

采桑子 查伊璜两度出家姬作剧[1]

舞衣贪着吴宫锦，花簇双靴。[2]山画长蛾。[3]待诉衷情隔绛河。[4] 新词填就勤分付，众里惊波。[5]道字偏讹。[6]惹得周郎顾转多。[7]

（《静惕堂词》）

注　释

[1]查伊璜：即海宁查继佐，号东山先生，曾参与抗清斗争，明亡后隐居东山著述。查继佐家有戏班子，演员即家中侍女姬妾，故称家姬。　[2]吴宫锦：指戏衣用吴地产的丝绸锦缎制成。　[3]长蛾：长长的眉毛。　[4]隔绛河：这里指台上与台下、观众与演员之间的距离虽只有一块幕布，但如隔银河。绛河，即银河。　[5]惊波：引起轰动（赞扬新词填得好，唱得好）。　[6]讹：差错，此指念错了

字。　[7]惹得周郎顾转多：据说三国时周瑜精音律，听人演奏，虽在酒后也能听出音乐中的错误，并回头看向演奏者，故有"曲有误，周郎顾"之说。

赏　析

　　嘉兴一带是南戏的重镇。早在宋元之际，海盐澉浦杨梓就在此创作剧本，演出戏曲。明代时南戏四大腔之"海盐腔"即产生于此。明清时，江南一带富人官宦家中多养有戏班。

　　海宁查家乃大族，查继佐于明朝灭亡后居家，曾在"《明史》案"中受到牵连，后得以脱免，有《罪惟录》等著作。其家中有戏班子，远近闻名。其侄查嗣瑮说："海宁查孝廉伊璜继佐家伶独胜，虽吴下弗逮也。"演员以"些"为名，称为"十些班"，其中以小生风些、小旦月些最为有名，人们因此而称"风月生""风月旦"。这首词即写一次招待客人的演出。上片写演员戏装的考究，妆容的精美，技艺的高超，引得观众深入戏中。下片写了一个有趣的细节，演员的技艺虽好，但文化素养不太高，拿到刚填写好的新曲，演唱时念了别字、错字，引得填词人频频示意。

黄媛介

黄媛介,生卒年不详,字皆令,秀水(今嘉兴)人。能诗善画,尝鬻诗画支持家用。顺治二年(1645),清军攻破嘉兴城后,她辗转于江、浙一带,后半生颠沛流离。其诗清丽高洁,多游览纪事、流离悲感之作。有《湖上草》《如石阁漫草》等集。

采菱同祁修嫣湘君赵璧(其一)

轻舟放桨喜潺湲,碧柳丹枫落日间。[1]

欲采湖菱愁指滑,背人先自脱金环。

(《两浙輶轩录》卷四〇)

注 释

[1]潺湲:水流动的样子。

赏 析

黄媛介之品节及才华得到当时及后世许多名人的赞赏。清初"江左三大家"之一的吴伟业专门写了《题鸳湖闺咏四首》,赞扬她的才华胜过男子,名扬江南艺坛,同情她的不幸遭遇。黄媛介深有感触，也写下《和梅村鸳湖四章》，成为当时诗坛佳话。

她有两首七绝写嘉兴南湖采菱，诗借采菱寄托，表达对家乡南湖的热爱之情，同时也表现一种闺阁生活情趣。这是前一首，写秋日采菱过程中的一个细节：怕水滑丢失手臂上的金环，背人偷偷摘下。通过细节生动写出女子采菱的情态，情含其中。

清　潘振镛　南湖采菱图

彭孙贻

彭孙贻（1615—1673），字仲谋，号羿仁，海盐人。崇祯十六年（1643），以明经首拔于两浙。明亡后，奉母里居著述以终。著有《茗斋集》《茗斋诗余》《茗斋杂记》等。曾与同邑吴蕃昌（字仲木）建"瞻社"，为名流所重，时人称"武原二仲"。卒后乡人私谥"孝介先生"。

海上竹枝词十三首（其三）

葫芦山月长珠胎，海市未开渔市开。[1]

残星满天细犬吠，黄鱼船上贩鲜回。

（《茗斋集》卷六）

注 释

[1] 葫芦山：据光绪《海盐县志》，葫芦山在澉浦镇西南四里的海上，因如葫芦出没水中而名。珠胎：蚌体中正在成长的珠子。古人认为珍珠是感月而生。左思《吴都赋》："蚌蛤珠胎，与月亏全。"海市：因光折射和全反射而在海面上形成的景象，旧称蜃气。渔市：买卖鱼虾的市场。

赏 析

《明诗纪事》说:"仲谋诗沉壮郁勃,为明季一作家。"他的诗反映出明末清初江南一带的社会现实,艺术上也各体皆工。他的《海上竹枝词十三首》写出海盐一带的社会风情。海盐澉浦是千年古镇,秦汉时是晒制海盐之地,宋元时设置市舶司,成为海外贸易的重要口岸,也是繁荣的市镇,紧邻南北湖景区,自古就有"小杭州"之称。这一首诗写的是这里的渔市,残星满天之际,捕鱼的海船回港,立即吸引大批顾客前来购买鲜鱼。

曹尔堪

曹尔堪（1617—1679），字子顾，号顾庵，嘉善人。清顺治九年（1652）进士，历官翰林院编修、侍讲学士。以诗词闻名，与清初诗人宋琬、王士禛、施闰章等被称为"海内八大家"。词尤有名，与当时山东词人曹贞吉齐名，人称"南北二曹"。他是"柳洲词派"中的重要词人，有《杜鹃亭集》《南溪集》等。

满江红 江村

柳浪方高，桃花雨，一村都涨。[1]应自慰，春风未老，故园无恙。[2]篱笋新抽江燕出，芦芽半卷河豚上。[3]豆畦边，荠美采盈筐，东邻饷。[4]　柴门外，微波漾。芳树杪，时禽唱。[5]好邀来春社，细斟家酿。[6]欢喜儿童鸭脚果，逍遥父老蛇条杖。[7]恕余顽，醉后越痴狂，真无状。[8]

（《全清词·顺康卷》第三册）

注 释

[1]桃花雨：春天桃花开时的雨。　　[2]无恙：没有什么妨碍（暗指经历了明清易代等打击）。　　[3]篱笋：穿过篱笆的笋。河豚：鱼名，有毒，味鲜，春天时上市。　　[4]荠：一种味道鲜美的野菜。饷：馈赠。　　[5]杪：树梢。时禽：应季节出现的鸟。　　[6]春社：农村春天的社祭活动。家酿：自制的酒。　　[7]鸭脚果：指银杏树的果实，即白果。蛇条杖：蛇形的拐杖。　　[8]恕：原谅。无状：因酒醉、高兴而忘形。

赏 析

　　曹尔堪生活于嘉兴平原水乡，这里自古以来是一块富庶之地。明清易代之际，这里也经历了动乱，但不久便恢复平静。曹尔堪出仕奔走在外，经历了宦海风波，回到家乡，终于松了口气。词中描绘了家乡春日宁静的美景，表达出对家乡的无比热爱之情。上片描写家乡春景。正是春天桃花水涨时节，词人回到家乡，看到一片春意盎然，家乡风光依旧，心中聊觉"自慰"，平安归家的喜悦，使他暂时忘却了宦海险恶。下片写家乡风物人情。春社是农村中难得的欢庆节日，儿童的"鸭脚果"、老人的"蛇条杖"两个细节入词，尤添生活气息，衬托词人对家乡的热爱，以至于词人也热切地投入到欢庆之中。清初尤侗评曹尔堪词："以深长之思发大雅之音，如桐露新流，松风徐举，秋高远唳，霁晚孤吹。第其品格，应在眉山（苏轼）、渭南（陆游）之间。"

柳如是

　　柳如是（1618—1664），本姓杨，名爱，后改姓柳，名是，字如是，号河东君，又号蘼芜君，嘉兴人。明末名妓。崇祯五年（1632）流落松江，多与名士交。十三年（1640）访钱谦益，次年嫁之为妾。南明亡，劝谦益殉国而未能。谦益卒，族人争产，遂自缢死。著有《戊寅草》《湖上草》等。《晚晴簃诗话》评其"先后名作如林"。

鸳湖舟中送牧翁之新安[1]

梦里招招画舫催，鸳湖鸳翼若为开。[2]
此时对月虚琴水，何处看云过钓台。[3]
惜别已同莺久驻，衔知应有燕重来。
只怜不得因风去，飘拂征衫比落梅。

（《牧斋初学集》卷一八附）

注　释

[1] 牧翁：指钱谦益。新安：治在今安徽歙县。　[2] 招招：摇摆荡漾的样子。　[3] 琴水：状如琴弦的数条溪流。这里指琴川，钱谦益

的家乡常熟的别称。明吴讷《七弦琴水》:"虞城枕山麓,七水流如弦。"钓台:即东汉严子陵归隐钓鱼处,在今浙江桐庐县富春江边,是嘉兴去新安的必经之处。

赏 析

  柳如是与钱谦益均有诗才,他们的爱情诗词十分优美动人。他们相识于嘉兴南湖勺园,留下许多诗记载相识相恋的经过。钱谦益有长诗《有美一百韵晦日鸳湖舟中作》记之。在一次勺园见面后,钱谦益要去黄山一带,柳如是写下这首七言律诗。诗首联写两人在鸳鸯湖畔相约定情,如同比翼双飞的鸳鸯鸟。颔联写湖中船上对月话别,爱人将远赴他乡,路上要经过富春江钓台。颈联用比喻表示盼望钱谦益能早日归来。尾联抒情,遗憾自己不能像落花一样,随风飘荡,跟随征人一起前去。

谭吉璁

谭吉璁（1623—1679），字舟石，号洁园、小谭大夫，嘉兴人。朱彝尊表兄。以贡监选中书，清初任延安府同知。康熙十八年（1679）举博学宏词，官山东登州府知府。能诗文，有《嘉树堂集》。

鸳鸯湖棹歌八十八首和韵（其三十六）

十番鼓笛画船开，吹到风云酒百回。[1]

月自鸳鸯湖上出，灯从狮子汇边来。[2]

（《鸳鸯湖棹歌》）

注　释

[1]十番：用十种乐器演奏的一种民间音乐形式。　[2]狮子汇：至南湖湖心岛的渡口，在嘉兴城东春波门一带。

赏　析

清康熙十三年（1674）春节，四十六岁的朱彝尊在潞河（今北京市通州区）作幕，因贫不能归家，思念家乡而作《鸳鸯湖棹歌》

一百首，并希望同乡的文人唱和。他的表兄谭吉璁在陕西延安为官，首先响应，作八十八首唱和，不久又唱和三十首。这首诗以夸张的手法描写嘉兴春波门一带元宵佳节灯会的热闹场景。鼓乐齐奏，湖面上画船漂荡，赏月观灯，尽显繁华景象。明代中后期，嘉兴平原经济发展，城市繁荣，春波门一带更是商贸中心。这种繁华一直延续到近现代。

陈维崧

陈维崧（1625—1682），字其年，号迦陵，宜兴（今属江苏）人。其父陈贞慧，是"明末四公子"之一。明亡后，陈维崧游食四方，结交朱彝尊等名人。康熙十八年（1679），与朱彝尊等一起应试博学宏词科，授翰林院检讨。他工诗词文，尤以词和骈文最为有名。其词宗苏辛。与朱彝尊合称"朱陈"。有《湖海楼全集》。陈维崧也是嘉兴勺园的座上客，曾多次来嘉兴。

贺新郎 鸳湖烟雨楼感旧十用前韵

水宿枫根罅。[1]尽沽来、鹅黄老酿，银丝鲜鲊。[2]记得筝堂和伎馆，尽是仪同仆射。[3]园都在、水边林下。不闭春城因夜宴，望满湖、灯火金吾怕。[4]十万盏，红球挂。[5]　　重游陂泽偏潇洒。剩空潭、半楼烟雨，玲珑如画。人世繁华原易了，快比风樯阵马。[7]消几度、城头钟打。惟有鸳鸯湖畔月，是曾经、照过倾城者。波织簟，船堪藉。[8]

（《迦陵词全集》卷二七）

注　释

[1] 罅：裂缝。　　[2] 沽：买（酒）。鹅黄老酿：唐杜甫《舟前小鹅儿》诗有"鹅儿黄似酒，对酒爱鹅黄"，后以"鹅黄"代指好酒。鲊：腌制的鱼。　　[3] 筝堂：陈列、演奏各种乐器的场所。仪同仆射：泛指高官。仪同，即仪同三司，指官位与三司（三公）等同。仆射，官名，唐宋时的尚书左右仆射，相当于宰相之职。　　[4] 金吾：执金吾，古代官职名，主管京城防卫。　　[5] 红球：此指红灯。　　[6] 陂泽：山坡、河泽。此指勺园中的假山、池塘。　　[7] 风樯阵马：乘风的帆船，临阵的战马。形容行进迅速，气势雄伟。　　[8] 簟：竹条织成的席子。

赏　析

陈维崧所作《贺新郎》达一百五十多首，且不少是步同一韵。这组词共步韵十五首，其中有四首是写在嘉兴、嘉善一带的活动。这首词咏南湖勺园，以夸张手法描写勺园主人吴昌时的奢靡豪华，感慨世事无常，富贵荣华转眼烟消云散。

陈维崧也曾是勺园的座中客，故词的上片写的是作者重经南湖烟雨楼边的勺园，一边喝酒，一边回忆昔日繁华的场面。那时这里湖边水上的亭阁里尽是美貌歌伎，尽是达官贵人，从早到晚，直至深夜，连守城门的将官也不敢关闭城门，以便贵客夜深回城。无数红灯笼照彻湖面。下片则回到现实之中，重游故地，想起往日潇洒，而如今楼阁亭台虽还玲珑精巧，却只剩下空荡荡的荒芜一片。人世间的繁华富贵如风过马驰，转瞬即逝。只有南湖上的月亮依旧，它曾经照耀过这里倾国倾城的美女歌伎，照耀过湖面上密如织簟的画船。这首词可以对照前面吴伟业的《鸳湖曲》一起读。陈维崧词宗苏辛，以文为词，奔放豪宕，才华横溢。这首词可见一斑。

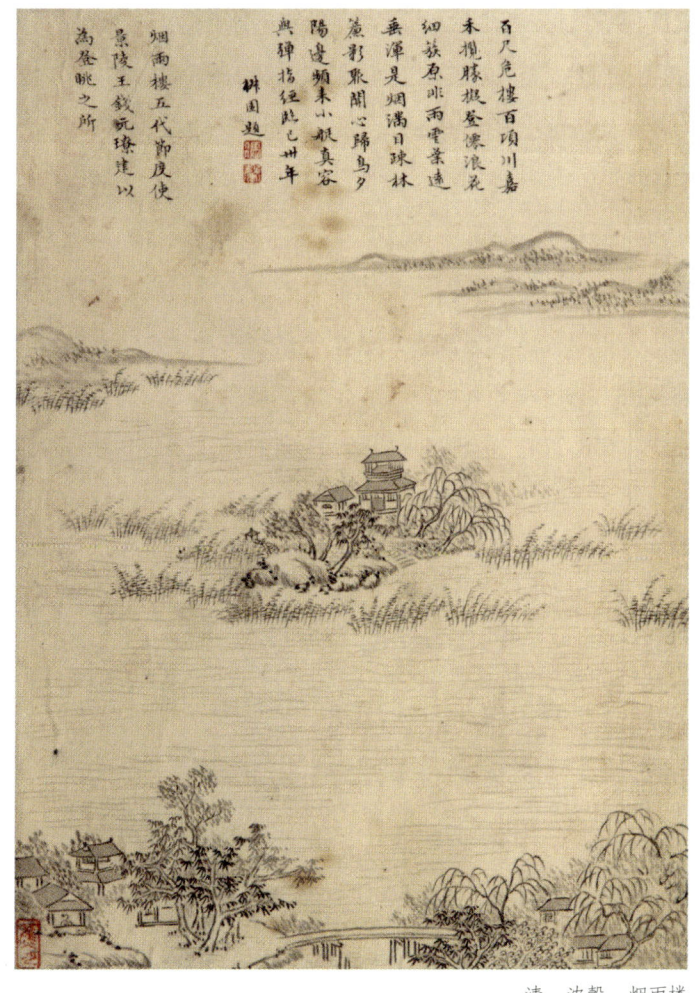

清　沈毅　烟雨楼

吕留良

吕留良（1629—1683），初名光轮，字用晦，号晚村，崇德（今桐乡西南）人。明亡后散家财结客，以图反清，并改名留良，意为学汉代张良（封留侯）博浪击秦的壮举。康熙十七年（1678）、二十年两次被推荐为鸿博、隐逸，坚持不出，削发为僧以免。吕留良崇尚程朱理学。著有《吕晚村文集》《东庄诗存》等。其作品充满反清思想，故雍正时引发曾静一案，牵连吕家，时吕留良及长子吕葆中已死，遭开棺戮尸，次子吕毅中及学生多人被斩，子孙被流放，诗文被禁。吕留良诗学宋，诗风沉郁，文辞或质朴或雄浑或沉痛，能广泛反映明末清初江南的现实，表达强烈的民族思想。

乱后过嘉兴（其一）

兹地三年别，浑如未识时。

路穿台榭础，井汲髑髅泥。

生面频惊看，乡音易受欺。

烽烟一怅望，洒泪独题词。

（《吕晚村诗·万感集》）

赏　析

顺治二年（1645），清兵攻打并占领江南，遭到江南各地义军反抗。嘉兴义士也起义抗清，杭州的清军将领闻讯率兵三千，星夜兼程赶来攻嘉兴城，火炮连发，声如轰雷，在城西三塔一带激战。反清义军不敌清兵，城被攻破，清兵入城大肆屠杀，百姓纷纷出逃避祸。城中血满沟渠，尸积里巷，烟焰冲天，结成赤云，障蔽日月，数日不散，史称"乙酉兵事"。吕留良这组五言律诗共三首，反映清兵乙酉屠城嘉兴，可作"诗史"读。这是第一首，写三年后回到遭屠城后的嘉兴所见的总印象：原先的繁华市井已是一片荒凉破败，路上见到的尽是"生人"，熟悉的故友已不见踪影，本地口音的人反遭外地"生人"欺负。由此，引发了诗人强烈的悲伤和愤怒，更激起他的抗清思想。

此外，这组诗的第二首是回顾三年前嘉兴百姓反抗清兵入侵的斗争。第三首则是写城中所见所感：一片废墟，阴森可怕，清兵已经取代原来的居民，成了新的"主人"。

朱彝尊

朱彝尊（1629—1709），字锡鬯，号竹垞，晚别号小长芦钓鱼师、金风亭长，秀水（今嘉兴）人。康熙十八年（1679）举博学宏词，授检讨，纂修《明史》。后充日讲起居注官，出典江南乡试，入直南书房，罢归后闲居著述。朱彝尊为诗与王士禛合称"南朱北王"；作词与陈维崧合称"朱陈"，开"浙西词派"。著有《曝书亭集》《经义考》《日下旧闻》《明诗综》《词综》等。

鸳鸯湖棹歌（其二十）

徐园青李核何纤，未比僧庐味更甜。[1]

听说西施曾一掐，至今颗颗爪痕添。

(《曝书亭集》卷九)

注　释

[1] 徐园：在嘉兴城东。纤：小巧。僧庐：指嘉兴东面的净相寺。徐园和净相寺均产樤李。

赏　析

朱彝尊的组诗《鸳鸯湖棹歌》一百首,继承了张尧同《嘉禾百咏》的传统,并发扬光大,进一步将明清时期的政治、经济等方面的情况全方位写入诗中,客观上反映出明代中后期运河两岸嘉兴一带在新的经济因素萌芽发展背景下的状况,从而具有极高的价值。朱彝尊在每首诗下自加考证,注明出处,在形式上采用七言绝句,一诗写一"点",百诗有百"点",形成一"片",比较全面完整地反映一个地区的面貌。

这首诗写嘉兴的珍果槜李的传说。"槜李"一词最早在《春秋》中就已出现,它既是珍果,又是嘉兴的古地名。紫色的槜李上有一小小的印痕,传说是美女西施离开家乡越国赴吴国途中,经过嘉兴,尝到这一珍果,用手指轻轻一掐而留下的。传说给槜李带来了丰富的人文历史文化内涵。朱彝尊还专门写了《槜李赋》,介绍了净相寺的槜李味道最好,因此遭官府勒索,僧人索性将李树砍了。

解佩令　自题词集[1]

十年磨剑,五陵结客,把平生、涕泪都飘尽。[2]老去填词,一半是、空中传恨。[3]几曾围、燕钗蝉鬓。[4]　　不师秦七,不师黄九,倚新声、玉田差近。[5]落拓江湖，且分付、歌筵红粉。[6]料封侯、白头无分。[7]

（《曝书亭集》卷二五）

注　释

[1]词集：指朱彝尊的《江湖载酒集》。朱彝尊一共有四种词集，其中《江湖载酒集》价值最高，反映他奔走各地、结交抗清志士后的经历和思想变化，收词两百多首。康熙十一年（1672）四十三岁时编成，取杜牧《遣怀》诗中"落拓江湖载酒行"之意命名。　[2]十年磨剑：比喻多年刻苦磨练。唐代贾岛《剑客》诗有"十年磨一剑，霜刃未曾试"句。五陵结客：广交朋友。汉代长安五陵一带是豪门侠士聚居之地。　[3]空中传恨：谓写些关于爱情的词，但并非真有其事，只是为了写作而虚构。《冷斋夜话》记有人劝黄庭坚"艳歌小词可罢之"，黄庭坚说："空中语耳，非杀非偷，终不坐此坠恶道。"　[4]燕钗蝉鬓：女子头上燕子状的钗及似蝉翼一样的鬓发。指美女。　[5]秦七：宋代词人秦观。黄九：宋代诗人黄庭坚。倚新声：按照词谱填词。玉田：南宋词人张炎，字叔夏，号玉田。差近：接近。　[6]落拓江湖：潦倒失意，漂泊江湖。歌筵红粉：酒宴歌女。　[7]"料封侯"两句：用汉将李广典，谓这辈子高官厚禄是没指望了。

赏　析

"浙西词派"是清初诞生在嘉兴的词人最多、影响最大、历时最久的词派。朱彝尊是"浙西词派"的创始人和领军人物。康熙十八年（1679），杭州词人龚翔麟将朱彝尊等五位嘉兴词人及自己的词集合刻成《浙西六家词》刊行，"浙西词派"的名字传遍了全国，在整个清代词坛中有着重要的地位。

这首《解佩令》是朱彝尊对自己词集的说明，也是"浙西词派"的词学主张宣言。词的上片写自己在明亡后飘零四方、结交豪士，蹉跎岁月，一事无成。如今年华老去，写点情诗情词，都是无根之语，现实生活中并无"燕钗蝉鬓"环绕。下片是谈自己的作词主张。针对元明以来词曲合流、词的体式特征削弱的现实，提出宗奉南宋姜夔、张炎的"清空""醇雅"词风，即词应有思想意义，表达上要蕴藉含蓄、富有词味。末尾处，又说自己既然建立事功无望，不如多写几首好词，供人传唱。

沈岸登

沈岸登（1639—1702），字覃九，号南渟，一字黑蝶，又号惰耕村叟，平湖人。工诗词，善书、画，当时人目之为"三绝"。他一生未出仕，也很少与人交往，故其词少为人知。有《黑蝶斋词》七十余首。他也是"浙西词派"早期的六位主要词人之一。

风入松 村居

东湖东畔有鲈乡。[1]绿遍旧垂杨。故人问我移家处，隔秋云、一线溪长。[2]恼乱比邻鹅鸭，传呼日夕牛羊。[3]　玉缸分碧过苔墙。[4]薄醉引新凉。[5]茅堂不为斜阳闭，怕年时、燕子思量。[6]荷叶青裁衫袖，竹根淡约钗梁。[7]

（《黑蝶斋词》）

注 释

[1]鲈乡：鲈鱼之乡，即水乡。　[2]一线：形容溪水直流。　[3]恼乱：埋怨。传呼：傍晚时呼唤牛羊归栏。这里用《诗经·王风·君子于役》中"日之夕矣，牛羊下来"之意。　[4]玉缸分碧：指将缸

中酿好的酒分装。　　[5]薄醉：稍微有点醉意。新凉：指已入秋转凉。　　[6]思量：用拟人手法写燕子。　　[7]钗梁：钗的主干部分。

赏　析

　　平湖沈氏是世族大家，世居林埭清溪，历代出了不少名人。沈岸登与其叔沈皥日工诗词，都是"浙西六家"中人。朱彝尊为沈岸登词集所作序中说他词宗南宋姜、张，以清新淡雅为主，符合"浙西"词旨。由于沈岸登一生未仕，大部分时间生活在家乡，又兼工书画，故其写家乡生活的词，以笔触细腻、工于造语、词风清新淡雅、富有画意为主要特色，读来使人有如临画境之感。这首描写家乡村居生活的词就有这样的特色。上片主要写村居的环境，首句点明家乡是鱼米之乡，门前溪水碧清，垂杨披拂，河中鹅鸭成群，夕阳西下，牛羊归来，一片安定宁静。下片笔触转向家中，刚酿好的清酒香气飘入邻家，夕阳下茅屋门未关，担心燕子归来找不到住处。末句将镜头移到屋内女主人身上——青绿色的夏装，竹根制成的钗子，朴素自然，美丽大方。

李 符

李符（1639—1689），初名符远，字分虎，号耕客，嘉兴人。与二兄同善诗、文，"秀州三李"之一。与朱彝尊等同结诗（词）社，相互唱和，是"梅里词派"中人，作品也被收入《浙西六家词》。一生未官，客游四方，后暴卒于福州，年五十一。有《香草居集》，有词集《耒边词》。

永遇乐 农事

筑岸溪头，占霞垄上，还探秧信。[1] 洗簇分蚕，编栏护鸭，似燕忙无定。[2] 腰镰初试，青裁莎草，细结钓衣成领。长相伴、秋机织妇，絮语荻帘灯影。[3] 垣泥缺处，木香不断，碌碡砑场如镜。[4] 稻把晴收，芥台晚割，步碓连庖井。[5] 前村耕叟，邀尝腊瓮，寒渚自摇归艇。[6] 休忘却，梅根拨雪，咒花夜醒。[7]

（《瑶华集》卷一五）

注 释

[1]"占霞"二句：意谓通过观察云霞，推测天气，确定插秧的时机。　[2]簇：蚕成熟后结茧的柴簇。分蚕：蚕通过眠蜕，逐渐长大，需要分开饲养。　[3]絮语：连续低声的话语。　[4]垣：墙。木香：一种多年生的草本植物。碌碡：石制的圆柱形农具，用来轧谷物、平场地。砑：用石块等碾压、磨平。　[5]芥台：芥菜。步碓：用脚踏的类似石臼的舂米工具。庖：厨房。　[6]腊瓮：腊月酿成、装在瓮中的酒。　[7]咒花夜醒：此指祈求、祝愿花早日开放。

赏 析

　　这首词反映嘉兴平原农民一年的农事及生活。梅里词人生活在中下层，故对农民的生活有深切的了解和体验。词的上片写农民从春到秋的农事和生活。前三句写冬春空闲时，他们就修筑田塍，准备迎接种秧季节的到来。接下去写他们春天养蚕，养鸡养鸭，像燕子觅食一样忙个不停。农民又非常俭朴，心灵手巧，用莎草巧妙地编织蓑衣。他们男耕女织，家人和睦，秋天农闲之时，灯下絮语私言，一片祥和安定。下片则写秋收及冬天的生活。简陋的茅屋泥墙，四周栽种了花木。门前的场地已平整如镜，准备晒干收割的稻谷。舂米的石碓也准备好了。辛苦一年，邀请邻居一起品尝自酿的腊酒。也不忘记保护好门前的梅树，祈祷它们早日开花。全词娓娓道来，平易的农家语中洋溢着词人由衷的热爱，一个个细节中反映出嘉兴农村浓郁的民俗民风。

查慎行

查慎行(1650—1727),初名嗣琏,后更名慎行,字悔余,号初白、他山等,海宁人。康熙四十二年(1703)进士,选庶吉士,授翰林院编修。他是清代前期著名诗人,有《敬业堂诗集》等大量著作。

观刈早稻有感

被襫相逢半压肩,刈禾争趁老晴天。[1]
蒹葭对岸遮邻屋,蚱蜢如风过别田。[2]
地瘠不知丰岁乐,民劳尤望长官贤。[3]
谁知疾苦无人问,秋税新增户口钱。[4]

(《敬业堂诗集》卷二三)

注 释

[1]被襫(bó shì):蓑衣。刈(yì)禾:割稻。 [2]蒹葭:芦苇。蚱蜢:危害农作物的蝗科昆虫。 [3]瘠:贫瘠。 [4]户口钱:户口税。

赏 析

　　查慎行是清初现实主义诗人，写诗宗宋。这首七言律诗作于康熙三十六年（1697），反映出清初嘉兴平原农民的艰辛，还反映了清初赋税徭役制度改革情况。诗的首联写农民趁着晴天，披着蓑衣，加紧收割早稻。颔联描写农村景色，河边芦苇丛遮挡了农家的茅屋，田野中飞过蝗虫。此时晚稻还未成熟，最怕蝗虫成灾，一种担忧隐含其中。颈联写农民的最大愿望：土地贫瘠，即使年成好，也难以丰收，辛勤劳累，只希望长官能够体恤民情。反映出嘉兴平原百姓赋税负担的沉重。尾联则写到农民的疾苦无人关心，反倒又增加了户口税。

　　作者在这首诗下有自注："吾邑户籍十万，每丁岁输力役之征，今年忽从田赋加派，数百年旧制坏矣。"这实际上反映的是清初康熙、雍正年间推行的"摊丁入亩"徭役制度改革。"摊丁入亩"制度的实施，史书上记载始于康熙五十一年（1712），而查慎行诗中记载比它早了十五年，故而是值得重视的史料。

汪　森

汪森（1653—1726），字晋贤，号碧巢，原籍安徽休宁，迁居并主要生活在桐乡。康熙十一年（1672）入贡，曾官广西桂林通判，累迁至户部郎中。家有藏书楼，以书会友，吸引了四方人士。朱彝尊也慕其名而访其藏书楼，并与他一起选编《词综》。有《月华词》等。与弟汪文柏、兄汪文桂合称"三汪"。

金缕曲　题浙西六家词

雨洗桐阴绿。卷疏帘、签犀细展，旋消幽独。[1]今日填词西浙好，占尽湖山清淑。[2]总一似、百泉飞瀑。二阮双丁都竞爽，更含香、粉署金莲烛。[3]招红袖，为吹竹。[4]　　陂塘记共浮醽醁。[5]况碧山、锦树凝秋，耒边耕玉。[6]遥想吟窗增蝶梦，柘影疏篁低屋。[7]是谁唱、樵歌西麓。[8]蟹舍渔村拌共载，听藕花、深处蘋洲曲。[9]柳溪卷，许吾续。

（《小方壶存稿》卷一七）

注 释

[1] 签犀:即"牙签犀轴"。卷型古书的标签和卷轴。借指书籍。 [2] 西浙:即浙西。历史上的"浙西"与地理概念不同,指的是钱塘江以北的杭嘉湖平原一带。宋代时以钱塘江为界设两浙东路、两浙西路。清淑:秀美。 [3] 二阮:魏晋时期的诗人阮籍和他的侄子阮咸,两人都名列"竹林七贤"。双丁:三国时魏国文人丁仪、丁廙兄弟。竞爽:媲美,争胜。含香、粉署:均指尚书省。汉应劭《汉官仪》:"省皆胡粉涂画古贤人烈女,郎握兰含香,趋走丹墀奏事。"金莲烛:宫廷用的蜡烛。烛台作莲花瓣状,故名。代指朝廷。 [4] "招红袖"两句:指"六家"中年轻多才、风流倜傥的贵公子龚翔麟。 [5] 醽醁(líng lù):美酒。指朱彝尊词集名源于杜牧诗句"落拓江湖载酒行"。 [6] "况碧山"三句:写李良年的《秋锦山房词》和李符的《耒边集》。 [7] "遥想"二句:写沈岸登的《黑蝶斋词》和沈皞日的《柘西精舍词》。柘西,在今平湖。 [8] 樵歌:南宋初词人朱敦儒居嘉兴鸳鸯湖放鹤洲,其词集名"樵歌"。西麓:南宋后期词人陈允平词集名"西麓渔唱"。 [9] 蘋洲曲:宋周密有词集《蘋洲渔笛谱》。

赏 析

汪森虽非"浙西六家"中成员,但他是"浙西词派"的得力干将,协助朱彝尊选编《词综》,宣传"浙西"论词主张,与朱彝尊等"浙西六家"都有诗词唱和。康熙十八年(1679),《浙西六家词》刊行,他写此词高度评价六家词,并表示自己的仰慕向往之意。

词的首两句写自己在梅雨飘洒、梧桐叶绿的初夏季节读到《浙西六家词》，一下子消除了幽独之感。接下去以比喻总写《浙西六家词》像"百泉飞瀑"，写尽了水乡平原的清丽湖山。再接下去或用比喻，或用典故，或通过主观感受等介绍六家词集。接着又以朱敦儒、陈允平、周密等南宋词人指出浙西词人宗奉南宋"清空""醇雅"词风的特点。最后表示自己也希望能跻身"浙西词派"行列。这首词告诉了我们"浙西词派"形成的一些史实细节。

曹庭栋

  曹庭栋（1699—1785），字楷人，号六圃，晚号慈山居士，嘉善人。康熙五十六年（1717）廪贡生，乾隆六年（1741）举人。中年后绝意仕进，在家乡筑永宇溪庄，并筑小山，奉养其母，名"慈山"。在此治学，并作诗画以自娱。有《产鹤亭诗集》《魏塘纪胜》等多种著作。

分 湖[1]

水漾琉璃天蔚蓝，此疆尔界一波涵。[2]

紫须蟹美香莼滑，占断秋风江以南。[3]

（《产鹤亭诗三稿》）

注 释

[1] 此诗为曹庭栋大型组诗《魏塘纪胜》中的一首。魏塘，嘉善县治所在地，此代指嘉善。 　[2] 此疆尔界：指嘉善与江苏吴江县（今苏州市吴江区）之间的汾湖（又作分湖）。 　[3] 占断：占尽。

元吳仲圭自題石曰梅花和
尚之塔縣丞倪璘作亭霞之
後吳令道昌脩其基作僧舍
於傍以司香火董其昌題其
榜曰梅花卷
道人高節與逸
情曲修竹六幅
貞碣長留清
風謖〻俯
仰悠遊者
兇史寧馥郁
道邱樹園

清　沈毅　梅花庵图

赏 析

曹庭栋诗内容广泛,写家乡人文风情的诗尤多。大多以组诗形式出现,如《魏塘书院杂咏十首》写家乡书院的兴建过程及书院内的主要建筑。《魏塘纪胜》一百首及续作六十二首,记载家乡的名胜、名人等,可作"方志诗"读。这首七绝写嘉善西北与江苏吴江交界处的汾湖,他在序中考证:"邑西北有分湖,其半属吴江境,故名。俗加水旁,作'汾'。中产紫须蟹、莼菜……"诗中描写汾湖水清天蓝的美景及丰富的物产,尤以汾湖紫须蟹与莼菜最为有名,称赞它是江南最佳去处。比曹庭栋稍早的嘉兴人金陈登专门有《食蟹》长诗写汾湖蟹,比较各地产的螃蟹后,认为"魏塘分湖最肥美"。

钱 载

钱载（1708—1793），字坤一，号箨石，秀水（今嘉兴）人。乾隆十七年（1752）进士，官至礼部侍郎。诗人、学者、书画家。钱载被认为是继朱彝尊后的又一位影响较大的浙江诗人，以他为中心形成的"秀水诗派"，在清代诗坛上享有盛名。有《箨石斋诗文集》。

罱 泥 [1]

昨夜看天色，共说今朝晴。

我船篷已卸，虽雨担罱行。

两竹手分握，力与河底争。

曲腰箝且拔，泥草无声并。[2]

罱如蚬壳闭，张吐船随盈。

小休柳阴饭，烟气船梢横。

吴田要培壅，赖此粪可成。[3]

杨园补农书，先事宜清明。[4]

（《箨石斋诗集》卷五）

注 释

[1] 罱（lǎn）泥：用罱捞取河底的泥。罱，竹制捞河泥、水草的工具。　[2] 箝：夹住。　[3] 培壅：培土施肥。粪：肥料。此指河泥。　[4] 杨园：即张履祥，字考夫，居浙江桐乡杨园村，学者称"杨园先生"。明末清初理学家、农学家。有《杨园先生全集》《补农书》等。

赏 析

　　钱载居官清廉，生活拮据。退休归嘉兴后，靠卖画为生。所以他对下层百姓的生活十分熟悉。他有一组写农家、农事的诗，这是其中的一首。嘉兴平原盛产水稻，过去农民为积肥和疏通河道，常于秋冬罱泥，即从河底将淤泥取出做肥料。诗的前四句写罱泥前的准备工作。首先要挑选晴天，船篷要卸下，便于装载河泥。接下去六句具体写罱泥的过程：将两根长竹竿及两爿畚箕状的竹篮组成的"捻篱"伸向河底，张开两爿竹篮，将泥往里装，然后合拢往上提，将河泥拉上倒进船中。这几句写得十分简练传神：罱泥是十分辛苦的事，需要花大力气将夹住的泥和水草往上提。"小休"两句写中午将船停泊在树阴下，吃饭休息。"吴田"两句写罱泥的目的，即将河泥作为庄稼的肥料。最后两句补充：杨园先生的《补农书》里也专门写到"罱泥"，并认为适宜在清明以前的冬春之际进行，那时农闲，又可使河泥堆积发酵，肥效更高。

弘 历

弘历（1711—1799），即清高宗，年号乾隆，爱新觉罗氏。著有《乐善堂全集》《御制诗》等。在位期间曾六次巡视江南，每次均到嘉兴，在嘉兴、桐乡、海宁等地留下数百首诗，写到嘉兴各地的众多人文风情，不少诗弥补了史志记载的不足。

塘上三首（其一）

尖山将往阅潮淤，塘上清晨发步舆。[1]

一带堤根皆啮水，抚斯安得暂心纾。[2]

（《杭州府志》卷首四《宸章》）

清　佚名　海宁陈氏安澜园图

注 释

[1]尖山：在海宁东南的海边，有大尖山、小尖山，三面环海，为海上屏障。阅潮淤：观看江中沙淤积的状况。　　[2]啮水：水冲击堤坝。

赏 析

  乾隆六次"南巡"，四次巡视到海宁（盐官镇），民间流传有许多传说。其实，乾隆是去视察海塘，决定是否继续修建鱼鳞石塘。杭嘉湖平原和苏南平原地势较低，海宁往西至杭州一带，沿海无山抵挡，只靠筑坝抵挡海潮。尤其是海宁一带，地势最低，万一决堤，海水倒灌，将影响这片"粮仓"。最好的办法是修筑"鱼鳞石塘"。但修筑鱼鳞石塘成本高昂，技术难度高，浙江的官员很为难，便请乾隆来拍板。乾隆前两次来主要是考察，第三次终于决定不惜工本，修筑鱼鳞石塘。经过四年努力，终于修好，乾隆最后一次来到海宁，便是视察修好的鱼鳞石坝。乾隆在视察海塘时，也关注民情，写下七绝组诗《塘上三首》。这首诗即其中之一，写到他一到海宁即备轿前往尖山勘察海潮及涨沙情况，看到沿海塘堤遭受海水冲激，这样日积月累，势必使海塘受损，只有建造能长久经受得起海潮冲击的鱼鳞石塘，才能使人心安。

吴骞

吴骞（1733—1813），字槎客，号兔床、愚谷等，祖籍安徽休宁，居海宁小桐溪（今海宁新仓）。贡生。清代中期著名的藏书家、学者、诗人，一生著述丰硕，多达五十多种，收入其自刻的《拜经楼丛书》，其中有《拜经楼诗集》、词集《万花渔唱》。其藏书多达五万多卷，且多宋元珍本。

蠡塘渔乃（其三）[1]

丹井流霞水不波，紫微人远暮云多。[2]

断碑风雨年年事，又被山樵砺斧柯。[3]

（《蠡塘渔乃》）

注 释

[1] 蠡塘：海宁西部的一条河，据《海宁州志稿》，在县西三十五里，故老云昔范蠡进西施于吴，尝取道于此，故名。后海坍不存。渔乃：渔歌，民歌。　[2] 丹井流霞：海宁硖山十二景之一。紫微：指西山。在海宁市硖石镇，为当地名胜。据传唐代白居易（官中书舍人，别称紫微舍人）曾登临，故名。　[3] "断碑"二句：明代孙一元曾有诗句"白傅断碑樵斧砺"，指白居易的诗碑残断，被樵夫用作磨刀石。

赏　析

吴骞曾仿朱彝尊《鸳鸯湖棹歌》作《蠡塘渔乃》一百六十首及《蠡塘杂咏》五十二首，将蠡塘当作海宁的代表，以它为中心，一诗一点，介绍海宁的情况，涉及政治、历史、文化、经济、习俗等各个方面，可以说是以竹枝诗的形式写地方志。

这首诗写海宁西山的景点"丹井流霞"。相传东晋道士葛洪（号抱朴子）于此炼丹，后人从此井打水，可得丹砂如霞。葛洪炼丹在很多地方有传说，如杭州葛岭、广东罗浮山等。在海宁也有在东山、西山两种说法。吴骞经过考证，认为应在西山。这里有白居易登临的诗碑。但后来诗碑残损，被砍柴的人当成了磨刀石。

郭 麐

郭麐（1767—1831），字祥伯，号频伽、白眉生，江苏吴江（今属苏州）人，迁居嘉善魏塘。"浙西词派"中期著名词人，人称"浙派殿军"。有《灵芬馆诗集》《蘅梦词》等。

水龙吟 吴歌[1]

摩诃池上歌残，一声何处悠扬起。[2]将连忽断，似无还有，月明风细。月子弯弯，花开缓缓，一般情思。算笛家不是，渔家不是，问莫是，刘三妹。[3]　　子夜四时堪拟。[4]变新声、我侬欢喜。[5]扁舟夜泊，人家两岸，听风听水。白葛单衣，蒲葵小扇，新凉天气。又前溪柔橹，呕哑说是，钓船归矣。[6]

（《浮眉楼词》卷一）

注　释

[1]吴歌：江南民歌。南朝乐府民歌中就有不少"吴声歌"。　　[2]摩诃

池:池名。隋文帝时益州刺史杨秀镇蜀,取土筑城,取土后留下的坑成为一池。有西域僧人见之,曰"摩诃宫毗罗",谓此池广大有龙。此处代指大湖。　　[3]笛家:指艺人。渔家:指打鱼人(能唱棹歌)。刘三妹:相传为唐朝民间女歌手,善唱山歌,人称"歌仙"。　　[4]子夜四时:《子夜》和《四时》都是南朝时吴地的民歌。拟:比得上。　　[5]新声:新的乐曲。我侬:我。　　[6]呕哑:象声词,摇橹声。

赏　析

杭嘉湖平原一带自古就有民歌流传,称为"吴歌"。郭麐的这首词,为我们留下了嘉善地区古代民歌流传的资料。词的上片写歌唱的情景。广阔的湖面上,美妙的歌声在"月明风细"中似断还续,委曲情深。这不是正统艺人的演唱,也不是渔人唱的棹歌,难道是"刘三妹"这样的民间歌手在歌唱?歌曲中传达的情感似月似花,含情细腻。下片从听众的角度写听歌的感受,衬托吴歌的优美动听。它与南朝时的《子夜》《四时》相比,是更动听的"新声"。歌声传来,使得泊舟江上的行客、两岸家居的百姓,以及穿着单衣摇着蒲扇的乘凉者,都沉浸在歌声中,忘记了回家,也忘记了一切。这首词采用"赋"的铺叙手法,一一展开,用语平易朴素,也极似民歌的风味。

冯登府

冯登府（1783—1841），字云伯，号柳东、勺园等，嘉兴人。嘉庆二十五年（1820）进士，授庶吉士。散馆后授福建将乐知县，后迁宁波府学教授等。喜金石诗词，著作繁富。有《石经阁诗略》《拜竹诗龛诗存》《种芸仙馆词》等。冯登府是继朱彝尊后又一位有影响的梅里学者、诗人。他仰慕前辈乡贤朱彝尊，两人同入翰林，治学、诗风也相近。前人评冯登府的诗清秀淡雅而又味醇意厚，十分耐读。

蚕词（其一）

楝花风里日温和，自怪今年浴子多。[1]

应是小姑忙不了，狸奴聘后聘蚕婆。[2]

（《拜竹诗龛诗存》卷一）

注　释

[1] 浴子：蚕种刚孵化出壳，也称蚁蚕。　　[2] 狸奴：猫的别称。蚕婆：经验丰富的养蚕婆婆。一说指蚕神。

赏　析

冯登府生活在农村，十分熟悉桑蚕之事。这组诗共有四首，采用白描手法完整介绍养蚕的过程，反映出农民养蚕的艰辛。读来朗朗上口，既有民歌的通俗平易，又带有文人色彩。这里选取第一首，讲的是孵化蚕种。孵化蚕种是养蚕的第一步，在春天楝树花开的时节进行。蚕怕老鼠，故养猫，还得请有经验的蚕妇。

（日）细井徇　诗经名物图解·蚕

梁绍壬

梁绍壬（1792—1837），字应来，号晋竹，钱塘（今浙江杭州）人。道光元年（1821）举人，官内阁中书。工诗文。有《两般秋雨庵随笔》《两般秋雨庵诗》。

题马容海绉云石图[1]

一片玲珑石，风流说至今。

才人知己感，名将报恩心。

海峤新词换，罗浮旧梦沉。[2]

苔花青不断，阅历百年深。

（《两般秋雨庵诗选》）

注　释

[1]绉云石：江南三大名石之一。现存放于杭州名石苑。　[2]海峤：海边山岭。罗浮：山名，在广东。

赏　析

关于绉云石，可以写一部传奇小说。明末清初海宁查继佐曾救济过还是乞丐的吴六奇。后来吴六奇帮助清军平定广东，官总督。为报答查继佐，他帮助查继佐免脱了因"《明史》案"所受的牵累，还将这块名石千里迢迢从广东运至海宁送给他。查继佐死后，此石归海宁马容海，他作了《绉云石图》，此诗系题画诗。首两句总起：这块石头，从清初至乾隆时的百余年中，一直被人作为诗、画题材，成为佳话美谈。接下去两句告诉人们此石如此受关注的原因——它表达出作为"才人"的查继佐慧眼识人，能在人穷困时扶贫济困，这一种雪中送炭式的助人行为实在难得；而作为被助者的吴六奇又能富贵而不忘本，真心实意地报恩报德，这样的知恩图报也实在难得。后两联写发生在广东海边罗浮山与海宁之间的往事虽已是"旧梦"，然而它不断地成为诗人、词人、画家笔下的新题材，代代相传。虽然石上青苔斑斑，但它总能不断给人以启示。

黄燮清

黄燮清（1805—1864），初名宪清，字韵珊，又字韵甫，海盐人。道光十五年（1835）恩科举人。官宜都知县、松滋知县。工诗词、戏曲、书画。有《倚晴楼诗集》《倚晴楼诗余》及《帝女花》传奇等著作。

吊关中卒[1]

乍川之役，夷从唐家湾登岸，惟陕兵御敌最勇，旋因援绝，被害独多，作诗表之。[2]

一旅熊罴势已孤，男儿马革誓捐躯。[3]
竟能杀贼先诸将，直欲当关抵万夫。
瀛海雷霆飞战火，函陵风雨断归途。[4]
牙旗朱盖人何处，浩荡君恩报得无！[5]

（《倚晴楼诗集》卷四）

注　释

[1] 关中卒：指来自陕西一带的士兵。当时驻守乍浦的是陕西一带的将士。　[2] 乍川：即乍浦镇，今属平湖市，处杭州湾下游东海边。唐

时设镇，宋元时设市舶司。明初为抵御海寇，汤和在此建土城，永乐时建石城。是我国东南沿海海防重镇。第一次鸦片战争期间，英军登陆乍浦，乍浦城失陷。　　[3]熊罴：两种猛兽。常比喻勇士或士兵。马革：用东汉马援"马革裹尸"之典。　　[4]瀛海：大海。函陵：春秋时秦晋殽之战，秦穆公不听蹇叔劝告，在殽山南陵、北陵之间遭到埋伏夹击而败。见《左传·僖公三十二年》。几年后，秦穆公亲自率军攻打晋国，封殽中秦军尸骨而还。　　[5]牙旗朱盖：战旗战车。朱盖，红色车盖。

赏　析

黄燮清生活在海边，亲身经历了第一次鸦片战争时英军攻占乍浦、在平湖海盐一带烧杀抢掠的历史事件。他大多通过格律诗及诗序和诗中自注来反映，如《闻浙抚督师海上》《乍川纪事》《吊关中卒》《京邸秋感》《定海收复》等叙写了鸦片战争在浙江发生的大致经过，对于英军攻陷乍浦、乍浦人民英勇抵抗的史实反映尤详。

这首七言律诗的首联写这些陕西兵面临强敌，顽强抵抗，但缺少援军，陷于孤立，将士们誓言抵抗到底，学习东汉马援"马革裹尸"。颔联刻画他们英勇奋战、一夫当关的气概。颈联用典写战争的残酷，英军炮火猛烈，而将士们面临前后夹攻。尾联赞扬将士们牺牲以报国。此诗工整流丽，稳健老成，叙事清晰，现实感强。

李善兰

李善兰(1811—1882),字壬叔,号秋纫,海宁人。近代数学家,中国近代科学先驱。王韬称"壬叔(作诗)喜学北宋",当时人评价其诗说:"壬叔于天算之外,出其余技为诗文,亦复卓然异人。"有《听雪轩诗存》。

西山重建周孝廉祠感赋[1]

四国降书急,荒陬大义存。[2]

君王轻半壁,兄弟保孤村。[3]

一旅安乡社,全家殉国恩。

山祠秋气肃,风雨泣忠魂。

(《听雪轩诗存》卷中)

注 释

[1]周孝廉祠:顺治二年(1645)八月,清军攻陷海宁硖石,周宗彝兄弟率乡勇激战。周宗彝与其弟启琦同时战死。周宗彝妻子闻难,蹈水殉节。全家老少四十八人不愿受辱,俱死节。其壮烈事迹感动世人,后来海宁百姓为周宗彝在西山建祠堂纪念。　　[2]四国:即四方。荒陬:

荒远之地。指周宗彝家住在海宁东山下。　　[3]君王轻半壁：指当时南明占有江南半壁江山，但因内斗而被清军攻破占领。

赏　析

  当清军入关，继而进攻江南，全国各处纷纷失陷之际，周宗彝兄弟率领义军抗击清军，壮烈殉国，全家人投池自殉。这首五律借重建祠堂对周氏家族表示由衷的敬意。前两联以鲜明的对比谴责明朝统治者的屈膝投降，赞扬周宗彝兄弟的大义壮节。颈联赞扬周氏全家的民族气节。尾联表达拜谒祠堂的肃穆崇敬之情，赞扬周家的忠肝义胆。海宁周氏传说是西汉名臣绛侯周勃的后裔，宋室南渡时周家迁移到临安(今杭州)。南宋末年临安被元军攻破，周氏有一位周宣与元兵激战，力战而死，全家殉难，仅有其子周肇允（仅五岁），被仆人带至海宁洛塘里隐居，成为海宁洛塘周氏的始祖。到周宗彝时，周家已经是海宁的一个大家族。

许瑶光

许瑶光（1817—1881），字雪门，号复斋，晚号复叟，湖南善化（今长沙）人。曾任嘉兴知府十八年，政声卓著。有《雪门诗草》等。

杉闸风帆[1]

苏州估客布帆轻，买醉枫桥趁晓晴。[2]

一路东风吹酒醒，夕阳红泊秀州城。

（《雪门诗草》卷一〇）

注　释

[1] 此诗为许瑶光组诗《南湖八景》中的一首。《南湖八景》诗共八首：《南湖烟雨》《东塔朝暾》《茶禅夕照》《杉闸风帆》《汉塘春桑》《禾墩秋稼》《韭溪明月》《瓶山积雪》。　[2] 估客：商人。枫桥：在苏州市阊门外。

清　许瑶光、秦敏树　南湖八景碑刻·杉闸风帆

赏　析

　　许瑶光任嘉兴知府十八年，其间整顿社会治安，发展经济文化，深受当地百姓崇敬。他受到宋代陆蒙老、元代吴镇的启发，精心挑选了具有时代性和代表性的八个景点，写下《南湖八景》

诗。次年又请画家秦敏树作《南湖八景图》，把《南湖八景》诗题在画上，刻成碑石，在南湖烟雨楼钓鳌台上建造了一个亭子放置诗碑，名为"八咏亭"，成为南湖一大人文景观。

"杉闸"指杉青闸一带，是京杭大运河出入嘉兴的北边门户，这里积淀下丰富的历史人文内容。诗极写大运河舟楫之利，快速便利的运河交通，促进了运河两岸的经济交流活动，也带来了经济的发展和繁荣。从苏州到嘉兴，只需一天路程，商人估客早晨在苏州枫桥喝完酒，然后把货物装上船，驾起帆，乘着风，沿宽阔的运河向南面嘉兴贩运。等到酒醒，行程已过了一半，夕阳西下，船已经停泊在嘉兴的南湖边上了。

蒲 华

蒲华（1832—1911），字作英，号种竹道人、胥山野史，秀水（今嘉兴）人。祖上编籍为"堕民"，地位低下，童年时曾当过庙祝。咸丰三年（1853）考中秀才。刻苦自学诗、书、画，成为"鸳湖诗社"诗人，"海上画派"代表画家。晚年贫困穷愁，死后萧条，几不能成丧。有《芙蓉庵燹余草》等。

乍浦唐家湾山寨[1]

背山面海，险据黄山之南，壬寅夏，嘆咭唎曾袭乍。

此地曾兵劫，归樵拾断戈。[2]

野花开废垒，寒日浴沧波。

风势雕盘起，沙痕虎渡过。

荒凉天险在，凭吊发悲歌。

（《蒲华诗集》）

注 释

[1] 唐家湾：在乍浦海边。英军于此登陆，迂回包围正面抵抗的清军。　　[2] 断戈：折断的兵器。

赏 析

蒲华的诗大多是题画诗。蒲华年轻时也颇有抱负,但后来为生计在各地游幕,又不善于官场应酬,迭遭辞退。相濡以沫的妻子又早逝,仅有一女,遂逐渐嗜酒,疏懒散漫,精神颓唐,人称"蒲邋遢"。穷途末路,他开始卖画为生。但可贵的是,虽然放浪形骸,他心中却不忘现实,多在诗中表达出来。面对英军攻占乍浦之海湾的战争故址,他心中愤懑不平:首联总写此地曾经历过浩劫,砍柴樵夫还能捡到残遗的刀枪武器。中间两联描写所见的寒日狂风、海涛奔涌的荒凉壮阔景色,以夸张、拟人手法突出这里曾发生过的激战及将士壮烈抵抗奋勇牺牲的悲壮激烈。尾联抒情作结,表达内心慷慨不平的悲愤之情。

许景澄

许景澄(1845—1900),字竹筼、竹筼,号拱臣,嘉兴人。同治七年(1868)进士。改庶吉士,授编修,官至吏部侍郎。曾任驻法、德、意、俄、奥等国公使。后在义和团运动时,与桐庐袁昶、海盐徐用仪因劝谏慈禧而被杀,后平反,在杭州建祠纪念,谥"文肃"。许景澄是政治家、外交家,今存诗五十余首,其诗内容题材涉及近代政治、外交,颇有价值。有《许文肃公遗诗》。

中秋述怀

渡海曾逢素月圆,及来海外再经年。[1]

清光入户还依旧,倦客惊秋已惘然。

手线在衣寒有信,空床拂簟梦无眠。

何当归向鸳湖畔,载得明蟾上钓船。[2]

(《许文肃公外集》卷一)

注 释

[1] 素月:皎洁明亮的月亮。

[2] 明蟾:指明月。传说月亮中有蟾蜍,故名。

赏 析

许景澄作为外交使节,多年在国外,其诗作多有写国外生活及思念家乡的内容。每逢佳节倍思亲,这首诗是写在国外度过中秋节的情景。首联写刚渡海出国任使者时恰逢中秋,如今在海外已一年了,又到了中秋节。颔联写月光依旧,而自己却在国外"惊秋"。颈联表达思念家中亲人之情,寒衣上还有离家前亲人缝制的线,晚上一个人孤独难眠。尾联写向往回到故乡,在明月下的鸳鸯湖上垂钓。这首诗极有层次地叙事写景,语言朴素无华,也不用典故,表达出诗人在国外思乡思亲的深挚感情。

吴萃恩

吴萃恩（1847—1864），字聚泉，嘉兴人。吴仰贤（诗人，曾任知县、知州，主编光绪《嘉兴府志》）之子。自小身体虚弱，不到二十岁病逝于上海。去世后，其父整理其诗稿，编成《南湖百咏》，附在他自己的诗集《小匏庵诗存》中。

芙蓉蟹（其一）

艳说芙蓉蟹最香，鼎娥亲剥佐飞觞。[1]

不因子美新诗出，谁识花时黄四娘。[2]

（《南湖百咏》）

注 释

[1]鼎娥：管烹调的女子。飞觞：传杯饮酒。　[2]子美：唐代诗人杜甫。黄四娘：杜甫有《江畔独步寻花七绝句》，其中写到"黄四娘家花满蹊"。

赏 析

吴萃恩的《南湖百咏》多为咏诵嘉兴的地方风情特色。其中有《芙蓉蟹》二首,这是第一首。这首诗写乾隆年间(1736—1795)嘉兴市区奚家桥一酒店的朱二娘善于烹煮螃蟹,能将螃蟹煮熟后剥壳装盘,仍保持螃蟹的样子,人称"芙蓉蟹"。时人多有诗文赞扬。前两句写朱二娘的"芙蓉蟹"被人传诵,是人们佐酒的美肴。后两句以杜甫当年写下"黄四娘家花满蹊"、使这位普通女子留下美名作比,指出朱二娘也因文人的诗文而传名。

宋　佚名　荷蟹图

王国维

王国维（1877—1927），字静安，一字伯隅，号观堂，海宁人。曾留学日本，又悉心研究哲学、心理学、伦理学等西方新的思想和理论，回国后曾任通州、苏州等地教习，后任学部总务司行走。辛亥革命后居日本，钻研历史、考古，以遗老自居。1916年归国后，以讲学为业，任清华研究院导师。1927年投颐和园昆明湖自尽。王国维熟习英、日、法文，先后从事哲学、文学、古文字学、古器物、敦煌文献及西北地理、蒙古史等研究，一生著述达六十余种，在国内外学术界有巨大的影响。有《观堂集林》等。王国维诗词均有成就，尤以词与词论著名。其诗歌也各体皆备。

嘉兴道中 己亥

舟入嘉兴郭，清光拂客衣。

朝阳承月上，远树与星稀。

岁富多新筑，潮平露旧矶。[1]

如闻迎大府，河上有旌旗。

（《静庵集·诗稿》）

注 释

[1] 矶：水边突出的石头。

赏 析

　　光绪二十五年（1899），王国维经运河回家乡，途中留下了两首诗。这是其中的一首，描写清晨嘉兴运河的繁忙景象。首联总写清晨经运河进入嘉兴城。颔联描写船上所见的远景，日升月上，星稀树见。颈联描写船上所见运河两边近景，年成太平，风调雨顺，两岸多了些新的建筑，河边露出矶石。尾联则云，靠近城门的河面上船只连艘，旌旗招展，人马喧闹，大概在迎接高官的到任吧。末两句让我们想起宋代诗人朱南杰《晓发嘉兴》的结尾："城中箫鼓发，知是使君回。"相隔七百多年，两人写出了嘉兴运河上同样的情景。也许是王国维借鉴了前人，也许是无意间的契合，但都说明了嘉兴运河自古至今交通繁忙，人去人往，官来官离，这是常见的情景。

参考文献

A

《安阳集编年笺注》，明正德九年刻本

B

《白居易诗集校注》，中华书局 2017 年版

《拜竹诗龛诗存》，清道光九年刻本

C

《藏密斋集》，明崇祯刻本

《茶山集》，武英殿聚珍版书本

《产鹤亭诗三稿》，《清代诗文集汇编》本，上海古籍出版社 2010 年版

《诚斋集》，宋端平二年刻本

D

《东汇诗集》，明嘉靖三十三年刻本

《东坡七集》，清翻刻明成化本

F

《方洲张先生文集》，明弘治五年刻本

《浮眉楼词》，清光绪五年刻本

G

《高太史集》，明景泰元年刻本

《顾况集》，《唐诗百名家全集》本

光绪《海盐县志》，浙江古籍出版社2015年版

H

《海昌外志》，清抄本

《杭州府志》，清乾隆四十九年刻本

《黑蝶斋词》，《浙西六家词》本

《胡奎诗集》，浙江古籍出版社2012年版

J

《霁山先生文集》，《知不足斋丛书》本

《嘉禾百咏》，《学海类编》本

《迦陵词全集》，清康熙二十八年刻本

嘉庆《嘉兴府志》，清嘉庆五年刻本

《简斋集》，武英殿聚珍版书本

《静庵集》，清光绪三十一年排印

《静惕堂词》，清康熙四十六年朱彝戬刻本

《敬业堂诗集》，清康熙刻本

《靖逸小集》，汲古阁影抄《南宋六十家集》本

L

《蠡塘渔乃》，清乾隆吴氏拜经楼抄本

《两般秋雨庵诗选》，清道光刻本

《两浙輶轩录》，清光绪浙江书局刻本

《列朝诗集》，清顺治刻本

《刘梦得集》，民国《嘉业堂丛书》本

《刘随州集》，明铜活字印本

《刘文成集》，《四部丛刊》景明隆庆刻本

《罗隐集校注（修订本）》，浙江古籍出版社2011年版

《吕晚村诗》，清抄本

M

《毛滂集》，浙江古籍出版社2012年版

《梅花道人遗墨》，文渊阁《四库全书》本

《勉斋集》，元刻延祐二年重修本

《明诗综》，清康熙六峰阁刻本

《茗斋集》，《四部丛刊》景写本

《默斋遗稿》，宜秋馆刻《宋人集》本

N

《南湖百咏》，清同治刻本

P

《蒲华诗集》，学林出版社2014年版

《曝书亭集》，清康熙五十三年刻本

Q

《乾初集》，清抄本

《樵歌》，《彊村丛书》本

《清江集》，明洪武刻本

《全清词·顺康卷》，中华书局 2002 年版

R

《容台集》，西泠印社出版社 2012 年版

S

《石湖集》，明弘治十六年印本

《石屏集》，《台州丛书》本

《苏学士集》，《四部丛刊》景清康熙徐惇孝刻本

T

《唐风集》，《贵池先哲遗书》本

《唐五代诗全编》，上海古籍出版社 2024 年版

《恬致堂集》，明崇祯刻本

《听雪轩诗存》，清抄本

《亭林集》，《亭林遗书十种》本

《桐江续集》，清抄本

《籜石斋诗集》，清乾隆刻本

W

《宛陵先生文集》，《四部丛刊续编》景明万历刻本

《吴都文粹续集》，清抄本

《吴梅村诗集笺注》，中华书局2020年版

X

《小方壶存稿》，清康熙四十六年刻本

《许文肃公外集》，民国九年外交部图书馆铅印本

《学吟》，汲古阁影抄《南宋六十家集》本

《雪门诗草》，清同治十三年刻本

《雪岩吟草补遗》，汲古阁影抄《南宋六十家集》本

Y

《弇州四部稿》，明万历五年刻本

《雁门集》，清嘉庆十二年刻本

《瑶华集》，清康熙二十六年刻本

《倚晴楼诗集》，清咸丰同治间刻本

《鸳鸯湖棹歌》，《槜李遗书》本

《乐府诗集》，中华书局2019年版

Z

《枣林诗集》，《古学汇刊》本

《张子野词》，《彊村丛书》本

《至元嘉禾志》，清道光刻本

《竹斋诗集》，《邵武徐氏丛书》本

《槜李诗系》，清康熙四十九年敦素堂刻本

后　记

《犹忆嘉禾美》重在展示嘉兴悠久的历史、灿烂的文化、秀美的风光、卓著的人物，彰显嘉兴源远流长的历史文化和革命文化的深厚底蕴，积极促进"两个文化"交相辉映、融合发展。

全书在历代嘉兴题材的诗词（不包括散曲）中，精心遴选了一百首优秀作品。选录的范围，包括目前嘉兴市所辖的南湖、秀洲、嘉善、平湖、海盐、海宁、桐乡五县（市）二区。历史上嘉兴区划曾有变化，本书体例以现有的行政区划为准，故如陆机、陆云、顾野王等名家及吟咏华亭等地的作品，只能割爱。作品顺序按照朝代与作家的生活年代进行编排。书名则取自宋文彦博诗句"稻粱犹忆嘉禾美"。入选作者简要介绍生卒年及字号、简单履历、文学成就，以及他们与嘉兴的关联。诗词注释重在作品的人名、地名、典故、专称以及疑难字词释义，力求明白晓畅；诗词赏析重在分析作品背景、艺术特色，阐述与嘉兴文化的区域关系，尤其是与现有文化遗存的结合，以期引发进一步探究的兴味。

本书是集体编纂的成果，由中共浙江省委宣传部统一策划，中共嘉兴市委宣传部组织实施。由杨自强、徐志平负责编撰，全书由杨自强统稿。衷心感谢中共嘉兴市委宣传部的指导与协调，感谢浙江古籍出版社的支持与努力，感谢嘉兴社科院文化研究所有关老师的支持和帮助，感谢嘉兴市博物馆等提供高质量的图片。

作为一本立足普及的读物，肯定有不少遗珠之憾，注释、赏析也未必惬当，期待专家和读者的批评指正。

本册编写组
2024 年 11 月

图书在版编目（CIP）数据

犹忆嘉禾美：嘉兴 / 丛书编写组编． -- 杭州 ：浙江古籍出版社，2024.11． --（诗话浙江）． -- ISBN 978-7-5540-3190-2

Ⅰ．I222.72

中国国家版本馆CIP数据核字第2024V0N458号

诗话浙江
犹忆嘉禾美
丛书编写组 编

出版发行	浙江古籍出版社

（杭州市拱墅区环城北路177号 电话：0571-85176989）

责任编辑	石　梅
责任校对	张顺洁
封面设计	张弥迪
责任印务	楼浩凯
照　　排	浙江新华图文制作有限公司
印　　刷	浙江新华数码印务有限公司
开　　本	880mm×1230mm　1/32
印　　张	8.375
字　　数	180千字
版　　次	2024年11月第1版
印　　次	2024年11月第1次印刷
书　　号	ISBN 978-7-5540-3190-2
定　　价	42.00元

如发现印装质量问题，影响阅读，请与本社印制部联系调换。